부활의 꽃

부활의 꽃
김진명 소설

| 작가의 말 |

희망의 언어로

말로 다 하지 못한 순간, 침묵으로 지샌 밤
이제는 말할 수 있을 것 같습니다.
영영 사라질 것 같은 사람들의 외침을
작은 생의 떨림과 희미한 그림자까지 사랑한다고.
어둠에서 길어 올린 희미한 빛과 소리를 문장으로 붙잡으려 했고
지나쳐 버린 풍경의 색채, 알아채지 못했던 감정의 결,
침묵 속에 묻힌 낮은 신음을 건네고 싶었습니다.

제 안에 사라지지 않고 피어나는 꽃
『부활의 꽃』이라는 이름을 불러봅니다.

폐허 속에서 피어나는 작은 들꽃일 수도 있고,
상처가 아문 자리에 돋아난 새 살일 수도 있고,
얼어붙은 땅을 뚫고 솟아오르는 봄의 기운일 수도 있습니다.
소설 속 인물들이 보여주는 삶의 몸짓 하나하나가
절망 속에서도 피워 올리는 『부활의 꽃』은 아닐는지요.

연약하지만 끈질긴 생명의 불꽃으로
처절하지만 아름다운 희망의 언어로
당신의 마음에 온기를 전할 수 있다면 더 바랄 것이 없겠습니다.
캄캄한 밤하늘을 가로지르는 별똥별처럼,
짧은 순간 강렬한 빛을 남기고 사라진다 해도
어떠한 고난도 꿈과 희망을 이길 수는 없습니다.
차가운 겨울을 지나 꽃망울이 터지는 봄이 오듯.

2025년 여름
김진명

차례

작가의 말
희망의 언어로 004

줄 위를 걷는 형제들 009
부활의 꽃 039
불꽃영웅 075

해설 _ 김종회 문학평론가, 전 경희대 교수
소설로 재구성한 삶의 곡절과 감명 251

천지상담소 115
탈피(脫皮) 157
십장생 187
비너스 리본 215

줄 위를 걷는 형제들
ㅈㅜㄹㅇㅜㅣ ㄹㅡㄹ ㄱㅓㄷㄴㅡㄴ ㅎㅕㅇㅈㅔㄷㅡㄹ

죽음을 바라보면서도 자연의 시를 읽는 사람은 내일의 희망을 말할 수 있다

줄 위를 걷는 형제들

밧줄 하나에 생명을 건다. 가족의 생계가 매달려 있다. 창수는 오늘도 아파트 23층 외벽에서 실리콘을 교체하는 작업을 하고 있다. 외벽 공사를 하려면 먼저 옥상에서 지지대에 로프를 묶은 다음 또 하나의 지지대를 찾아 이중으로 보양을 하며 보조줄까지 설치를 해야 한다. 아찔하고도 아슬아슬한 '로프공'은 위험천만해 보여도 창수에게는 나름대로 짜릿한 매력이 있는 그만의 직업인 것이다. 오늘은 2002호의 창문으로 빗물이 스며드는 것을 방지해야 한다. 창수는 생명줄에 몸을 의지하고 딱딱하게 굳은 실리콘을 긁어낸다. 아래에서 사람들이 이 작업을 구경하고 있다.

핸드폰이 울린다.

"응, 아빠야."

"아빠, 높은데 매달렸어?"

"응, 매달렸어. 퇴근할 때 새콤달콤 사갈게. 엄마랑 잘 놀고 있어."

"응, 아빠."

다시 작업이 시작되었고 집중해야 한다. 창수는 실리콘을 힘차게 긁고 있다. 허공에 매달린 채 낑낑대며 오래된 실리콘을 모두 긁어내고 새 실리콘을 쏜다. 팔목이 아프다. 계속 긴장 속에서 집중을 하다 보니 때로는 팔목이 너무 아플 때가 있다. 그러나 지금은 집중해야 한다. 아파도 그 아픈 곳만 사용해야 일이 되기 때문에 할 수 없이 그냥 버틴다. 아니 즐겁게 버티어 보려고 노력한다. 창수는 힘들 때마다 주문을 외운다. 집에 엄마랑 놀고 있는 사랑스러운 아들을 위해서라면 이 정도 고통쯤이야!

간신히 실리콘 교체 작업을 마무리했다. 이제 더 이상 빗물이 아파트 내부로 흘러들어가지 않을 것이다. 2002호 실리콘 교체만 하는데도 벌써 해가 중천에 와 있다. 하루가 긴장 속에서 길기도 하고 짧기도 하다. 다음 작업을 위하여 2002호 베란다 쪽으로 간다. 창문 가득 달라붙은 비둘기 똥을 제거해야 한다. 비둘기들이 베란다 난간에 똥을 싸놓아 아파트 민원이 빈번하고 이를 제거하는 작업이 최근에 많이 늘었다.

창수의 배에서는 꼬르륵 소리가 난다. 아침을 아기처럼 조금만 먹어야 한다. 그래야 화장실을 줄이고 일에 집중할 수가 있다. 조금만 참아보자. 간신히 숨을 돌리고 또 로프에 몸을 매단다. 웃음으로 매단다. 아내의 웃는 얼굴이 때로는 힘이 된다. 몸은 허공을 날 듯이 사뿐사뿐 내려와서 2002호 창을 닦는다. 비둘기들도 열심히 똥을 쌌다. 도구로 긁어내고 부서트리며 똥과의 한바탕 전쟁을 치른다. 창수는 똥을 안 싸려고 아침을 조금만 먹고 나오는데 비둘기는 마음껏 먹고 마음껏 싼다. 먹는 것에 비둘기는 창수보다 자유롭다. 지금 창수는 비둘기 똥을 치우는 데 몰입되어 있다. 비둘기 똥이 오늘 창수의 수입원이 되는 원인 제공을 한 것이다.

밥이 똥이고 똥이 밥이라 했던가? 그 말이 지금은 맞아 들어간다는 생각이 들었다. 유리가 반짝반짝하니 거실에 꽃들이 더 예쁘게 보여 좋다. 하루의 땀이 반짝이고 있다.

오늘은 코킹공사를 하는 날이다. 구조물의 이음새를 방수, 기밀, 방음을 확보하려면 접착성도 있어야 하고 탄성도 있어야 한다. 구조물의 부재와 부재를 고정해야 하는 공사라 까다

롭다. 작은 실수를 해도 비가 들어올 수 있기 때문이다. 또 벽돌과 벽돌 사이는 메지가 있는데 불량품을 쓰게 되면 건물의 가치가 떨어진다. 줄에 매달려 종합 점검 및 코킹검사를 해야 한다. 힘든 일이지만 힘들어서 집중할 수 있고 집중하다 보면 하늘의 새처럼 날갯짓하여 바람을 타고 가듯이 공사도 한 걸음 한 걸음 꼼꼼히 체크되어 완성을 할 수 있는 것이다. 말없이 공사에 집중하고 있다. 공사는 말로 하는 게 아니기 때문이다. 하나에 집중 둘에 안전 셋에 꼼꼼 또 하루의 공사가 마무리되고 있다.

  핸드폰이 울린다. 둘째 형이다. 외벽도색을 위해 지방출장을 가는 중이라고 한다, 창수는 잘 다녀오라고 인사를 한다.

  네 살 위 큰형과 함께 외벽 방수 공사를 한다. 수직 외표면인 콘크리트나 자연석 벽돌에 도포를 하여 내구성을 높이는 일이다. 줄 하나에 매달려 대롱대롱 일할 때는 많이 외로웠다. 큰형과 나란히 건물 외벽에서 일을 하니 괜스레 눈물이 나고 의지도 되었다.

  창수는 생각에 잠시 젖는다.

  '눈물의 의미는 무얼까? 큰형은 지금 무슨 생각으로 도포를 할까? 나처럼 아들 생각을 할까? 돌아가신 어머니 생각을

할까? 형수를 생각할까?'

조용히 붓질을 하다 보면 그 색깔이 마치 말을 거는 것 같다. 연하늘색을 칠하고 있으니 독특한 냄새로도 말을 걸고 액체로도 침을 흘리듯 이야기를 하는 것 같다. 두 살 된 아들이 그린 곰돌이 그림에도 하늘색 바탕에 곰이 그려져 있었다. 아들 얼굴이 자꾸 떠오르는 날이다. 가족은 그저 있기만 해도 행복한 존재다. 제자리에 있기만 해도 좋다. 그래서 인생은 살맛이 나는 것이다. 오늘은 큰형과 함께 맥주 한 잔을 시원하게 들이키고 퇴근해야겠다. 집중하자. 마음에 하늘을 그리자.

외벽 크랙이 있어 균열마다 크랙커버제를 도포해야 한다. 히말라야의 크래바스 만큼은 아니어도 크랙이 생기는 것은 서로의 마음이 변한 걸까? 창수는 생각했다.

'주변 사람들과 나 사이의 크랙은 어떻게 해야 없어질까? 사람과 사람 사이에 틈이 생기면 먼저 다가가 웃으며 말을 시키는 게 답이 아닐까? 용서와 화해가 필요할 것 같다. 사람도 크랙커버제처럼 한 번 도포로 끝낼 수 있다면 과연 어떨까? 안 되겠다. 인생은 뜨거운 가슴으로 살아야 하리라.'

크랙을 도포하다 보면 크랙도 다양한 사람 얼굴처럼 모양도 가지각색이다. 마치 건물 외벽에 지렁이가 기어다니는 것 같다. 그래도 꿈틀꿈틀 미워 보여도 안전한 게 더 중요하다. 당연히 지렁이 모양은 늘어날 수밖에 없다. 갑자기 배 속에서 꼬르락 소리가 꿈틀댔다. 꿈틀꿈틀 지금 살아 있어서 좋다. 작은 움직임이 피곤하지만 다 느껴진다. 아직 살아있기 때문이다. 사랑하는 가족과 친구들이 있으니 골목길 돌고 돌아 노을이 어둠을 덮기 전 부지런히 하루의 균열을 도포해야겠다.

  건물도 사람처럼 숨을 쉰다. 수축과 팽창을 해 가는 것이다. 옥상 방수를 해야 하는 날이다. 아주 작은 틈도 두어서는 안 된다. 그래도 오늘은 줄에 매달리지 않으니 몸과 마음이 편하다. 줄에 매달릴 때는 두 다리가 사타구니를 두고 아주 불편했다. 그래도 꾹 참아야 했었다. 오늘은 넓은 옥상에서 하니 바람도 시원하고 마음도 넓어지는 것 같고 왠지 꽃씨라도 뿌려 민들레 홀씨를 날려 보내고 싶은 날이다. 계절은 참 이쁘게도 잘도 넘어간다.

  스카이 장비를 타고 25층까지 올라 거기서부터 외벽 도장을 해야 하는 상황이다. 아슬아슬하며 어쩌면 스릴을 느낄 수도 있다. 도장을 하나 보면 때로는 새도 스쳐 지나간다. 창수의 머릿속에 생각이 스친다.

'내가 느끼는 바람을 새도 함께 느낀다 생각하면 그것은 또 다른 감동을 준다. 저 손바닥 만 한 새는 로프도 없이 장비도 없이 안전모도 없이 푸른 하늘을 유유자적하다니 참 감동이다. 내가 새보다 레벨이 높기는 한 걸까? 진짜 저 나는 새는 머리가 정말 나보다 나쁠까?'

최근 들어 창수에겐 심각한 고민이 하나 생겼다. 제일 큰형의 건강 문제이다. 어제 큰형이 울면서 전화를 했다.

"내 발목을 절단해야 한단다."

나는 너무 놀랐다.

"뭐라고 형?"

"흑흑흑흑, 나 이제 어떻게 사니?"

"형!"

창수도 목이 메어 할 말이 생기질 않았다. 창수는 형의 말을 계속 들으며 잠깐잠깐 짧은 말을 할 뿐이었다.

"거대 혈관 변화로 다리에 동맥질환이 온 것이래. 빨리 절단을 해야 한다."

"…."

"당뇨엔 말초 혈관 질환이 많이 생기는데…."

"…"

"말초 혈관 질환이 있어 디스크로 신경이 눌린 줄 알았는데…"

"…"

"내가 당뇨 발이라구."

"찌릿찌릿 계속 아프고 많이 걸으면 다리가 불편했었어."

"그랬지, 형."

"심혈관보다 예후가 썩 좋지 않다는데… 걱정이야."

"…"

"증상이 애매한 게 많아."

"에구."

"워낙 무릎 아래가 불편했었는데 이렇게 될 줄은 몰랐어."

"형, 진정하자."

"허혈성 질환이라 진행이 많이 된 상태래."

"당뇨발이래."

"혈압을 재서 무릎 아래에 혈액 순환이 안 좋은 게 체크되었는데…"

"그랬구나."

"혈관 확장제도 쓰고 그랬는데 결국 다리 동맥이 안 좋아."

"…"

"많은 시간 서서히 애매하게 진행이 된 거래."

"당뇨는 작은 혈관에 동시에 조금씩 막힌 거라 서로 혈관에 나쁜 영향을 준대."

"혹시 다른 질환이랑 착각한 것은 아닐까?"

"경동맥보다 더 진행이 많이 된 거고 당뇨발이라 염증이 심하대. 혈압 비율이 0.9 아래로 나와서 아주 심각한 상태래."

"형, 지난번에 심장 스텐트도 했잖아."

"맞아."

"어쩜 좋아, 우리 형!"

"어젯밤은 밤새도록 잠도 못 잤어."

"형수는 뭐래?"

"같이 용기를 내서 치료해 보자고 해."

"응, 앞서 하지동맥이 나쁘다는 진단은 있었지만 형은 너무 일찍 왔다."

"그러게, 내 나이 겨우 49센데, 벌써 당뇨발이고 신경병도 같이 왔다니 발목상완지수가 0.9아래로 나와서 심각하대. 많이 걸으면 힘들다가도 쪼그려 앉으면 좋아져서 그냥 그러려니 했어. 내가 너무 안일하게 대처한 게 문제였나봐. 클레피도그레라냐? 그것도 치료해 보았지. 좋아질 줄 알았는데. 증상이 참 애매해서 치료 시기를 놓친 것 같아. 서서히 막힌 거라 내가 모르고 진행되어 여기까지 온 거래. 진단 기술이 발달해 지금이라도 알아낸 게 다행이라고 말하더라고."

"그렇구나! 형, 힘내자. 나도 열심히 기도할게. 그리고 같이 있어 줄 게."

"고마워, 너라도 있어서 위로가 된다. 네 형수 앞에서는 내색도 못해. 그냥 담담한 척 해."

"형, 솔직히 괴롭다고 말해."

"말 못 해. 내가 너무 흔들리면 더 충격받을 거 아냐. 그러니 내색 안 하고 담담한 척하는 거야. 그냥 속만 지글지글 타고 있어."

"형, 아이쿠 형."

"너한테라도 이렇게 말하니 속이 다 시원하다. 너무 걱정 마라. 누구나 병은 오는 거고 받아들이기로 했다. 너도 조심해."

"알았어, 형. 다른 거 생각 말고 이제부터는 형만 생각해."

"알았어."

"형, 그동안 너무 희생만 하고 살았어."

"우리 형제들이 같이 로프공으로 살면서 그래도 형제가 함께 해서 늘 행복했단다."

"나도 형들이 있어 행복해."

"세상에 형제가 있다는 게 참 좋다."
"나도 형이 있어 좋아."
"고마워, 창수야."
"내일 아침 되면 드디어 결판이 날거야."
"형, 용기를 내자."
"알았어."
전화를 끊고 오랫동안 자리에서 일어날 수 없었다.

양쪽 어깨에 둘둘 감긴 로프를 푼다. 인생도 이렇게 잘 풀리면 좋겠다. 100미터 길이의 백 바를 들고 다니는 것도 장난이 아니다. 인생의 무게보다는 그래도 가볍다. 줄을 당겨 샤클을 연결하고 매 순간 혈관이 매끄럽게 흘러야 되듯이 로프도 고압선도 꼬이지 않게 잘 풀어야 한다. 항상 힘든 일이지만 그래도 형들이 있어서 힘든 일도 잘 참을 수가 있었다. 가족들이 있어서 힘이 났다. 이제는 형을 위해 가족을 위해 더 용기를 내야겠다.

오늘은 이상하게 몸이 무겁다. 단도리를 겨우 끝내고 또 다시 로프에 매달려 작업을 실시한다. 막줄 남은 상태이기도 하지만 매듭을 묶고 점검하면서 마음을 더 단단히 묶고 있었다. 가족은 있어서 좋지만 때로는 너무 사랑해서 감정 교류가 힘들기도 하다. 오늘따라 줄을 당기는 것도 너무나 무겁다. 세상에 쉬운 일이 없다. 일도 어렵고 마음도 어렵고 마지막 줄을 타면 되는데 오늘은 줄도 마음대로 안 된다. 이걸 어쩌나? 녹슨 철이 벗겨져 있다. 창수는 갑자기 형을 생각한다. '내 마음처럼 벗겨져 있다. 나도 이렇게 몸이 무거운데 우리 형은 얼마나 마음이 무거울까?' 아무리 힘이 들어도 가족이 건강할 때는 힘이 절로 나서 장비들이 무거워도 번쩍번쩍 들고 씩씩하게 다녔다. 오늘은 그렇지 않다. 힘들다. 물 적신 솜을 등에 얹고 가는 당나귀 같다. 이렇게 힘든 날은 비라도 펑펑 와서 같이 울었으면 좋겠다.

날이 밝았다. 백 바를 빌딩 아래로 내리면서 긴장을 멈출 수가 없다. 젠다이에 앉아서 일을 해도 낭떠러지라 너무 무섭다. 오늘은 더 긴장이 된다. 샤클이라는 연결 고리를 믿고 일한다. 장비도 때로는 사람처럼 의지를 할 때가 있다. 머리에는 헬맷을 썼지만 머릿속은 헬맷에 갇혀 있지 않다. 머릿속은 왜 이리 고민이 많은지 하루 그냥 고민 없이 세 끼 밥만 먹고 살며 행복할 수는 없을까? 저 빌딩 아래에서는 누군가의 섹스폰 소리가 난다. 나훈아의 테스형을 연주하고 있다. 매일 즐겁게 듣던 음악이다. 형이 건강할 때는 그렇게 즐겁던 음악이고 몸도 마음도 절로 춤이 나오던 음악이다. 그런데 오늘은 테스형도 눈물 나는 음악이다. 매듭 속에 눈물도 묶을 수 있으면 좋겠다. 매듭에 행복을 묶을 수만 있다면 좋겠다. 매듭마다 미소를 묶을 수만 있다면 묶고 싶다. 줄을 당기는 게 천근만근 힘들다. 형이 발목 절단을 하다니. 그 상실감이 얼마나 심할까? 형한테 좀 더 잘해줄 걸 후회가 많이 된다. 로프를 돌돌돌 말고 한 보따리 되는 로프를 마지막으로 묶고 정리하면서 마음도 정리를 하고 있다. 일상이 힘들 때는 때로는 이렇게 힘든 일이 도움이 된다. 정신이 집중이 돼서 좋다. 잡념을 날려버리고 자꾸 평정심을 찾으려 노력하고 있다. 창수는 무겁게 현실을 받아들이며 생각을 정리했다.

'내가 고민해서 고민이 해결되는 것은 아니리라. 인생은 그냥 받아들여야 하는 것도 있다. 노력으로 되지 않을 때는 그냥 받아들여야 한다. 그래 받아들이자. 무거운 하루를 그냥 소나기가 왔다 생각하고 받아들이자.'

외벽청소를 말끔히 마치고 하루를 마감했다.

부자병으로만 알던 당뇨병이 이렇게 무서운지 몰랐다. 췌장 기능에 무슨 문제가 있는 걸까?

심장에서 가장 먼 발이 그간 힘들었나 보다. 오늘은 자꾸

발을 문지르고 있다. 엄지를 꼭꼭 누르고 문지르고 마사지를 한다. 검지 중간 약지 새끼 발가락 순으로 조물조물 주물주물 생각을 주무르고 있다. 평생을 별 신경 쓰지 않은 발이다. 각질이 생기고 무좀이 생겨도 그냥 그러려니 하고 지금까지 왔다. 발이란 건 거들떠보지 않았다. 오히려 발톱을 깎을 때는 발톱이 너무 두꺼워 깎기 힘들어 귀찮기도 했었다. 오늘은 다르다. 생각이 달라졌다. 발톱을 깎고 싶어도 다리가 없어진다면 불가능한 일이 아닌가? 평범하던 일상이 그리운 일상이 되어버리면 안 되는 것 아닌가? 일상에 감사한 일이 참 많다. 혀는 맛을 느껴서 좋은 것이다. 육신에 감사가 들어가고 있다. 감각이 있어서 살아있다는 증거를 느낀다. 창수는 서글프나 감사한 생각이 자꾸 든다.

'왜 그동안은 나 자신에 느끼지 못한 것이 그렇게 많았을까? 나를 아는 것이 참다운 삶이리라. 힘든 일들은 인생을 더 단단하게 한다. 걱정은 필요 없다. 그냥 걱정은 아픔으로 이해해야겠다. 온 세계가 나를 지켜보고 있다. 나는 가진 게 너무나 많다. 몸도 마음도 살아 있으니 나는 참 감사할 게 많다. 정성으로 나를 길러주신 부모님도 나를 가르치신 스승들도 있었다. 모두 감사한 일이다. 내 가족이 되어주고 인생의 동반자가 된 부모 형제가 감사했다. 난 그동안 내가 그냥 나만 잘 하면 되는 줄 알고 옆을 보지 못했다. 아니 해만 끼치지 않으면 그게 다라 생각했었다. 모든 생명이 함께 사는 것이 고마운 일이었다. 태양이 모든 세상에 빛을 주듯이 바람이 모든 사물에게 차별 없이 불듯이 나도 그렇게 외로운 영혼을 위로하면서 살아야겠다.'

창문을 여니 아침이 코로 들어왔다. 눈으로 아침을 맞고 혀로 아침을 맛보고 귀로 아침 새소리를 듣고 있다. 그 많은 아침을 그저 아침으로 느꼈다. 오늘 아침은 참 이쁘다. 그동안 몰랐다. 왜 몰랐을까? 참 바보같이 몰랐다. 형 덕분에 생각이 무척 넓어지고 있음을 안다. 부모님이 돌아가시고 허전한 마음을 형들이 있어서 의지했다. 밤마다 남몰래 슬픔을 적셔도 그래도 형이 있어서 슬픔을 극복할 수 있었다. 형은 창수에게 부모였다. 형은 안식처였다. 둘째 형과는 지지고 볶고 싸우며 컸다. 그러나 큰형은 항상 어깨를 다독여주고 올바른 방향으로 가도록 위로를 많이 해 주었다. 아내를 맞이할 때도, 아내가 아이를 낳던 날도 누구보다 기뻐해 주고 함께 행복해서 울기도 했다. 형은 그런 존재였다. 이렇게 형을 사랑하고 있는 걸 형은 알까? 내일부터는 구체적으로 말로 표현을 해야겠다. 쓸쓸하게 시간이 흐르고 있다. 모든 생명이 힘차게 가고 있다. 형도 가족도 모두 함께 배려하고 소통하며 가고 있다. 마음이 넉넉해지고 있다. 고통의 원인이 집착하는 마음이 아닐까? 형이 병을 처절한 절망으로 받아들이지 않았으면 좋겠다. 희망으로 받아들였으면 좋겠다. 소리를 들을 수 있는 귀 하나에도 감사하듯이 몸 여기저기 감사가 달려 있다. 사대육신이 있으니 감사할 일이었다. 혹시라도 병으로 망가져도 남은 것은 또 감사할 일인 것이다. 형의 일로 지혜를 배우는 계기가 되는 것 같다. 참다운 삶을 더 생각하는 계기가 된 것 같다.

오늘은 줄에서 손을 놓으면서도 심리적으로 살짝 불안했다. 매일 불안해도 안 그런척하면서 살았다. 자일로프 줄은 훨씬 가늘어 줄을 바꿔 타면서도 낙하 사고도 있을 수 있다. 그래서 고소에서도 항상 위험이 많은 곳이라 PP로프로는 수직의 작업만을 했다. 닥치는 대로 모든 일은 가리지 않고 했다. 두려움을 갖고도 그냥 했다. 무서워도 했다. 젊음으로 용기있게 여기까지 온 것이다. 현장에서 너무 위험해 중간에 포기하는 사람도 이해가 되었다.

돈이 뭔지 그것을 벌기 위한 일이라면 무엇이든지 했다. 페인트도 칠하고 구조물도 설치하고 외벽청소도 하고 실리콘

작업도 하고, 개인사업자로도 하고 거래처와의 인연으로 들어온 일도 했다. 보조로 할 때는 레벨이 낮아서 같은 시간이어도 돈이 낮아 더 열심히 레벨을 높이는 노력을 했다. 때도 맞아야 모든 일을 할 수가 있다. 여러 가지 상황이 잘 맞아 들어야 일도 들어오고 들어온 일도 작업이 잘 맞고 완성이 쉽게 되었다. 비가 오면 비를 맞고 봄비 올 때부터 가을장마 전까지는 정신없이 일을 했고 겨울 한 철은 또 다른 일을 배우기 위해 시간과 노력을 쏟아부었다. 창수는 일과 가족의 의미를 생각하고 있다.

'그렇게 사계절에 나를 맞추어 가며 삼시 세끼를 가족을 위해 나를 위해 행복을 위해 살아왔다. 더없이 행복했던 일상이었다. 누가 보면 불쌍하게 생각할 수도 있는 일일 것이다. 그러나 내 인생에 집중하면서 주변의 시선을 크게 의식하지 않았다. 난 그냥 노동의 힘과 땀의 의미를 알 뿐이다. 주식투자도 모르고 자산 증식 방법도 모르고 그냥 오로지 믿는 것은 나의 땀이었다.'

노을이 지고 있다. 하늘이 쓰는 시를 보고 있다. 때론 노을이 시를 쓰지만 때론 천둥 번개가 하늘에 시를 쓰듯이 한 줄 한 줄 시를 쓰는 시인처럼 살고 싶다. 온몸으로 시를 쓰는 노동 시인이 되고 싶다.

노을이 지고 저 멀리 십자가의 예수님이 보인다. 또 어느 절 저녁 예불의 염불이 들려오고 앉은뱅이 꽃이 해마다 피던 자리에서 꽃을 피우고 있다.

거룩한 하루가 간다. 십자가의 침묵이, 목탁 소리의 의미가 궁금하다. 인생은 누구에게 물어야 하는 것인가? 질문하고 싶다. 하늘을 본다. 그저 하늘이 좋다. 몰려오는 구름도 좋고 천둥 번개도 좋고 빛도 좋고 소낙비도 좋고 펑펑 눈을 내리는 하늘이 좋았다. 마냥 하늘이 좋았다. 인생이 좋았다. 외로워서 좋았고 고독해서 좋았다.

창수의 감정은 깊고도 넓었다. 사랑하는 사람이 죽어도, 사랑하는 사람과 헤어져도, 사랑하는 사람과 진한 사랑을 해도, 사랑하는 사람과 원수같이 싸워도 하루의 시간은 지나갔다.

오늘 아침에는 창수 생일이라고 아내가 미역국을 끓여주었다. 후루훅 미역국을 먹는 창수에게 아내가 물었다.

"여보, 왜 생일을 귀 빠진 날이라 했을까?"

"글쎄, 음, 머리가 나올 때 제일 넓은 귀만 빠지면 아기는 어깨도 다리도 쑥 나오니 그런 것 아닐까?"

창수는 생일이라 그런지 오늘따라 부모님이 그리웠다. 미역국을 먹으며 목이 멨다. 나이가 드니 요즘은 자꾸 생각이 많아지고 매사가 감정에 휘둘렸다. 그래도 오늘은 부모에게 감사함을 느끼는 날이라 아주 행복했다. 엄마랑 초등학교 입학식에서 아무것도 모르고 코를 흘리며 그저 즐거웠던 때가 훅 지나갔다. 그때는 아버지도 아주 건강하실 때였다. 아버지가 암으로 돌아가시기 전까지는 조금도 아버지 건강을 의심하지 않았다. 대장암 판정받고 장폐색이 오고 두 달 만에 세상을 뜨실 때까지 그저 아버지는 든든한 울타리였다.

 오늘 창수 나이가 마흔 살이다. 돌아가신 아버지도 그때 나이 마흔 살이었다. 이제부터 창수는 아버지보다 나이가 더 먹은 게 된다. 아버지가 되어보니 아버지를 더 알겠다. 너무 어린 나이에 아버지를 잃어서 슬픈 것도 몰랐다. 가시는 아버지에게 따뜻한 말 한마디 건네지 못했다. 그냥 그대로 그렇게 세월이 갔다. 지금 아버지가 창수 앞에서 돌아가시는 순간이라면 무슨 말과 어떤 행동을 할까? 생각해 본다.

 '그저 아버지를 안고만 있고 싶다. 아버지의 땀 젖은 머리를 뒤로 쓸어드리고 이마가 드러나면 그 이마에 입술을 대고 아버지 사랑해요, 속삭이고 싶다. 오늘, 나는 아버지와 동갑이다. 마흔 살 아버지를 마흔 살 아들이 상상하고 있다. 지금 글은 아버지라고 쓰지만 그때 난 아빠, 아빠밖에 몰랐다.'

 "아빠, 목마 태워줘요."

창수가 말했다.

"오냐, 이리 오렴."

아빠가 안아주셨다.

창수는 상상 속에서 신이 났다. 한 마리 나비가 되었다. 새가 되었다. 아빠의 웃음소리와 창수의 웃음소리가 하늘에서 하나가 되었다.

창수는 속으로 말했다.

'아버지 보고 싶습니다. 그 멀고 먼 나라에서는 잘 계시죠? 저도 이제 아버지 나이가 되었습니다. 이곳 걱정은 내려놓으시고 꽃길에서 어머니 손잡고 걸으면서 평안히 지내세요. 아버지 사랑합니다.'

갑자기 바람 한 줄기가 창을 노크했다. 마치 아버지가 창수의 마음을 읽고 창밖에 계신 것 같았다. 얼른 창문을 열었다. 나뭇가지가 아버지께서 목말 태워 주실 때처럼 한없이 즐겁게 웃고 있었다. 나뭇잎 사이로 그날처럼 햇빛도 환하게 웃었다. 우리는 그렇게 아버지와 아들로서 함께 한 공간에 있을 수 있었다.

그때 창수의 아들이 말했다.

"아빠, 목마 태워 줘."

창수는 아버지 보는 앞에서 아들을 목마 태우고 마구 신나게 웃고 놀았다.

 창문이 흔들리고 회오리바람이 불었다. 동글동글 회오리바람이 꼬깔콘 모양으로 일더니 점점 크게 하늘로 오르고 있었다. 창수는 그 바람이 아버지인 걸 직감적으로 알았다. 창수는 손을 흔들며 웃었다. 해가 더 환하게 빛났다. 아버지도 웃고 계신 것 같았다.

 '나는 분명히 웃으며 아버지를 즐겁게 만났는데 왜 눈에는 눈물이 주렁주렁 매달려 있지?'

 콧물을 닦지도 않고 창수는 하늘을 바라보고 있었다.

 혈관병증 신경병증 당뇨합병증으로 형의 발목이 절단되었다. 세균 감염을 막기 위해, 궤양을 빨리 막기 위해 소절단을 했다. 의족을 껴야 하는 상황이다. 일단 대절단은 하지 않아서 그래도 다행일까? 발목만 잘라내서 병의 진행을 여기서 막을 수만 있다면 고통스러워도 진행되는 상황을 받아들여야 한다. 줄기세포치료로 상처 치료도 한다고 했다.

 창수는 작은 형과 함께, 큰형의 수술을 그저 말없이 지켜볼 수밖에 없었다. 궤양에서 냄새가 많이 났다. 아무래도 절단을 멈출 수 없다는 것이었다. 작은형도 큰형 앞에서 아무 말도 하지 않았다. 함께 있는 게 형제에게는 힘이다. 큰형의 수술 전 발을 생각하며 큰형의 수술한 다리를 보니 할 말이 없었다. 큰형도 말없이 있었다. 오히려 담담하게 받아들였다. 아니 어쩌면 담담한 척 그냥 그렇게 있는 것 같았다. 작은 형도 큰형처럼 담담한 척 있었다. 마음이 엉엉 울었다. 괜찮지 않았다. 큰형도 눈이 벌게졌다. 작은 형은 자꾸 화장실을 다녔다. 잠시 후엔 창수도 화장실을 갔다. 수도를 틀었다. 엉엉 울기만 했다. 그냥 수도를 틀고 마음껏 울었다. 세수를 하고 나니 정신이 조금 맑아졌다.

작은 형도 세수를 했는지 머리까지 모두 젖어 있었다. 눈도 벌겋게 충혈되어 있었다. 창수는 묻지 않았다. 큰형에게도 묻지 않았다. 모두 눈이 벌겋게 충혈되어 있었다. 아무도 서로에게 왜 그러냐고 묻지 않았다. 삼형제는 그렇게 하루를 몸부림치며 받아들이고 있었다.

창수는 어젯밤 꿈을 꾸었다. 줄 위를 걷는 형제들이 꿈속에서 담배를 피우고 있었다. 누군가 확 지나가고 있었다. 알아듣지도 못할 말을 누군가 하고 있었다. 창문에 빨간 피가 보였다. 멧돼지 같기도 하고 사람 같기도 했다. 주변은 너무나 어두웠고 무언지 모르나 진절머리 나는 상황이었다. 엄청난 굉음 소리가 났고 주변은 익숙한 곳이었는데 사람들이 많이 모여 있었다. 무슨 일인가 하고 사람들 틈에서 관심 있게 바라보고 있었다. 온몸에 소름이 돋았다. 달리고 있었는데 꼭 가족 같았다. 온몸에 땀이 났다. 머리까지 땀이 흠뻑 젖었다. 물에 빠진 생쥐처럼 온몸이 젖은 채로 꿈에서 깨어났다. 무서워 계속 마음이 떨렸다.

오전 11시, 조금은 쌀쌀하게 느껴졌다. 악몽을 꿔서 그런지 왠지 몸이 무거웠다. 갑자기 핸드폰이 울렸다. 로프에 매달린 채 핸드폰을 받았다. 둘째 형수였다.
"예, 형수님. 안녕하세요? 무슨 일 있으세요?"
"애 아빠가 죽었대요."
형수는 엉엉 울었다. 창수는 하마터면 떨어질 뻔했다.
"뭐라고요? 형수님."
창수는 확인하듯 물었다.
"둘째 형이 줄에서 떨어졌대요."
형수의 목소리는 울음이었다.
"형수님, 형수님, 지금 무슨 말씀하시는 거예요?"
창수는 애가 탔다.
"20m 아래로 떨어져서 즉사를 했대요. 지금 K병원 응급실로 가고 있어요."

형수는 다급했다.
"예, 알았어요."
창수는 침착하려 노력했다.
"저도 바로 갈께요."
창수는 온몸이 떨렸다. 세상이 노랗게 물든 것 같았다.

응급실에 도착했다. 둘째 형은 두개골이 온통 망가졌다. 뇌두개골의 전두골, 두정골, 후두골, 측두골, 접형골, 안면두개골 비골, 상악골, 하악골, 설골 등 모두 망가졌다. 끔찍했다. 하늘이 정말 노랗게 변하고 있었다. 그러나 울고만 있을 수는 없었다. 할 수 있는 일을 해내야 했다.

일단 형수와 장례 절차를 밟았다. 지금 큰형은 발목절단수술을 한 상태라 걱정만 할 뿐 아무것도 할 수 없는 상황이었다. 일단 두개골이 일그러진 상태의 형을 원상태로 모양이라도 예쁘게 해서 장례를 치러야 했다. 전문가 의사를 불렀다. 그는 둘째 형의 두개골을 봉합술로 마무리했다. 밖으로 터져 나온 꼬불꼬불 창자처럼 생긴 내용물은 모두 두개골에 넣고 봉합술로 꿰맸다. 꽤 오래 걸렸다. 피가 말랐다. 소독약으로는 피를 닦아내고 살아있는 사람처럼 최대한 멋진 남자로 만들었다. 그래도 처음 망가진 모양을 보다가 이제 봉합술로 마무리하고 화장을 하고 예의를 갖추니 그런대로 마음이 놓였다.

 시간이 참 안 간다. 아니 시간이 참 너무 잔인하게 흐르고 있다. 형수와 조카를 위로해야 하는데 말이 나오지 않았다. 최대한 눈물을 감추고 냉정하게 장례를 잘 치르는 일에 집중했다. 그렇게 악몽처럼 형의 장례식이 끝났다.

 세월이 흘렀다. 1년을 힘겹게 하루하루를 버티며 살았다. 어떻게 살았는지 모르겠다. 힘들어도 세월은 갔다. 잘 살아내야 했다. 그래도 큰형과 가족들이 있어서 슬프기도 하지만 힘이 되었다. 살아 있는 가족들이 함께 살아내야 했다. 더 이상 울고만 있을 수는 없었다. 큰형도 아픈 다리로 활동이 어려워 큰형수와 호떡장사를 시작했다. 큰형 내외도 생활에 도움이 되고 싶은 것이리라.

 창수는 마음을 강하게 먹었다. 그래 살아내자. 해보자. 웃어보자. 줄을 타는 창수에게 일거리는 계속 들어 왔다. 목숨을 담보로 하는 위험한 일이라서 걱정은 되지만 창수는 열심히 일에 매달렸다. 줄 위를 걷던 형제들을 생각하며 삶에 대한 의지가 더욱 단단해졌다.

 언젠가 책에서 본 게 생각이 났다. 바나나라는 필명의 일본 작가의 글이었다. 죽음이 가장 큰 삶의 동기를 부여한다는 내용이었다. 그것이 이해되었다. 행복할 때는 일상이 때로는 많이 지루했다. 그런데 이렇게 큰일을 당하고 보니 지루한 일상이 아무 일 없는 게 행복이었다. 지금 이 소중한 시간 속에서 가족들과 함께 긍정적으로 살아가야 했다.

 적금을 붓기로 했다. 천만 원 하나, 이천만 원 하나, 일단 계좌 두 개를 들었다. 사랑하는 가족, 큰형은 호떡을 구워 팔며 생계를 이어가니 큰형은 됐고 문제는 둘째 형 가족이었다. 형수와 두 아이를 위해 통장 3개를 마련해 줄 참이다. 형수의 노후 생활 통장, 조카들 각각 대학 학자금 통장을 때가 되면 당당하게 내어 놓으리라 결심했다. 그리고 사랑하는 아내에게도 말해야겠다. 아내가 허락할까? 넉넉한 삶이 아니라 어렵겠지만 해내야 하는 상황이었다. 그래도 몰래 비밀로 하고 싶지는 않다. 기회가 되면 말해야 했다.

 눈 위에 다시 서리가 내리니 줄 위를 걷는 인생이 추웠다. 좋지 않은 일만 연거푸 생겼었다. 창수는 많은 생각이 주마등처럼 지나갔다.

 '좋은 일은 언제 생기려나? 내게도 웃는 날이 오려나?'

 인생은 수수께끼 같았다. 광활한 우주에 외로운 나그네가 울고 있다. 그 나그네가 또 웃고 있다.

  태양은 내일도 떠오를 테지. 바람은 또 불 테지. 태양 하나 품고 하루하루 줄 위를 걸어야 했다. 바람을 안고 줄 위를 구름처럼 오가며 살아야겠다. 오늘따라 붉은 노을이 참 멋진 시 같았다. 하늘을 보았다. 얼마 전 허공에 매달려 작업하던 어느 날 오후처럼 붉은 노을이 서쪽 하늘을 물들이고 있었다.

문득 하늘을 배경으로 허공에 시를 쓰는 시인처럼 살고 싶다는 생각이 다시 밀려왔다. 비록 오늘은 천둥 번개로 시를 쓰지만, 내일은 푸른 하늘 위에 붉은 태양이 떠오르는 시를 쓰고 싶은 것이었다. ✶

— 제6회 아산문학상 소설 부문 금상, 2022년.

바구하나의 꽃잎

부활의 꽃

생명의 유한 무한의 빛깔 이야기

부활의 꽃

고욤나무에 접목한 단감나무는 감쪽같았다. 민호가 살던 전셋집 주인은 제천여고 생물 선생님이었다. 앞마당에 고욤나무 세 그루가 자라고 있었는데, 날씨 화창한 어느 봄날 우연히 단감나무를 접목하는 것을 보았다. 너무 신기하여 초등학교 3학년 학생이었던 민호가 생물 선생님께 물었다.

"선생님, 서로 다른 나무를 접붙이는데도 정말 감이 달려요?"

"그럼. 여기서 단감이 열린단다. 감이 열리면 제일 먼저 너에게 주마."

민호는 선생님의 전지가위와 칼을 다루는 기술을 보면서 어떻게 고욤나무가 감나무로 변신한다는 것인가? 어린 나이에도 생명의 신비에 의구심이 생겼다. 민호는 그때부터 학교에 갔다 돌아오면 마당의 감나무를 관찰하는 버릇이 생겼다. 선생님은 초여름 접목 때 감아준 비닐테이프를 다시 가볍게 묶어 주었다. 신기하게도 상처가 아물고 감쪽같이 감나무가 자라나는 것이었다. 어린 마음에 감이 열리면 얻어먹을 욕심에 빨리 감이 열리기만을 기다렸다. 그러나 민호는 국어 선생이셨던 아버지가 다른 학교로 발령이 나면서 모두 청주로 이사를 가야 했다. 50여 년 전의 일이니 아마도 접목한 감나무가 고목이 되었을 테고 가을마다 단감이 주렁주렁 열렸으리라.

  행정안전부 감사관실 강민호 감사과장은 세종시 행정안전부 청사 1층의 커피숍에 내려와 혼자 상념에 잠겼다.
  '왜 하필 감나무야? 과수원의 감나무는 어릴 적 생물 선생님이 접목한 방식의 감나무였을까?'
  그때 감사팀장이 황급히 다가와서 말한다.
  "과장님, 기자회견실로 가셔야 합니다. 기자들이 기다리고 있습니다."
  "얼마나 모였어?"
  "약 50명 정도 모였고, 관심과 취재 열기가 대단합니다. 과장님, 올라가시죠?"

"감나무라? 거참."

혀를 차며 강민호 과장은 감사팀장을 따라 기자회견실로 향했다.

민호는 열흘간의 특별감사로 인하여 피곤한 내색이 역력했다. 그의 발걸음은 평소의 속도와 많이 달랐다. 청주시 개신근린공원 조성사업의 토지보상 과정에서 청주시가 김인영 국회의원이 소유한 감나무 과수원 보상 과정에서 실제보다 많게 부풀려서 보상했다는 감사 의뢰를 받은 상황이었다. 이와 관련해 행정안전부는 부처 차원에서 강민호 감사과장을 단장으로 하여 특별감사를 실시했다. 이러한 특별감사에 대한 행정안전부 감사 결과를 세종시 청사에서 발표하는 날이었다. 강민호 감사과장은 행정안전부 기자실에 들어서자마자 기자들에게 목례를 한 후 곧바로 준비한 감사 결과를 발표하기 시작했다.

"청주시 개신근린공원 조성사업의 토지보상 과정에서 청주시가 김인영 국회의원이 소유한 감나무 과수원 과다계상 의혹은 모두 사실로 밝혀졌습니다. 지난 10일 동안 감나무 과수원 현장을 조사했고 관련자 조사를 실시했습니다. 결론적으로 이 의혹은 모두 사실로 밝혀졌습니다. 김인영 의원의 과수원 감나무는 251그루인데 보상은 650그루로 산정되었음을 확인했습니다. 종합적으로 말씀드리면 지장물 보상금 2억 2천만 원 중에서 1억 3천 5백이 과다 지급된 것으로 확인했습니다. 그리고 이 사건에 대해 우리 부처는 감사 결과를 토대로 관련자들을 모두 검찰에 고발 조치하였습니다."

"감사과장님, 김인영 의원도 인지하고 계셨나요? 그리고 청주시 공무원과의 사전 모의가 있었나요?"

질문을 받는 순간 갑자기 강민호 감사과장은 뼈 없는 식물처럼 쓰러졌다. 마이크가 나뒹굴고 굉음이 울렸다. 기자회견장은 아수라장이 되어버렸다. 순간 현장의 모든 사람들이 놀라서 비명을 질렀다.

"119. 119. 119. 과장님, 과장님, 과장님, 과장님이 의식이 없어요. 빨리 119 불러요. 119. 빨리요 119."

강민호 행정안전부 감사과장. 누가 보아도 국가 중앙부처의 감사과장으로서 그의 공무원 생활은 수학 정석의 교재와도 같은 존재였다. 애주가라는 것이 유일한 흠이라면 흠이었다. 거대한 정부 기관 내에서 성실성과 효율성을 끊임없이 추구하는 것으로 특징지어진 인물이었다. 동료들 사이에서도 존경받는 인물 강민호. 열심히 일하고 자신의 원칙에 대한 소신을 통해 과장의 반열에 올랐고 고공단 즉 고위공무원단속으로 들어가는 것은 시간문제였다. 강민호 과장은 탁월한 역량을 부처 내에서 널리 인정받았고 또한 공무원의 규율, 품행 등에도 흠결이 없었다. 그의 일화는 부처 내에서 구전을 통해 선후배 사이에서 회자되었다. 예를 들면 이런 일도 있었다. 그가 감사과장 2년차가 되던 해, 행정안전부에 대한 감사원 특별감사가 내려왔다. 행정안전부 사회복지 및 지방세 과오납금 횡령 등 공무원 비리 사건이 언론에 폭로되면서 감사원의 특별감사를 받게 된 것이다. 부처에서는 오로지 강민호 감사과장이 감사원 특별감사를 잘 해결해 주기를 기대했다. 워낙 크고 작은 연루에 휩싸인 행정안정부 직원들은 민호만을 바라보았다. 그만큼 민호의 어깨가 무거웠다. 사회복지 및 지방세 과오납금 횡령 등 공무원 비리 사건에 의심받는 공직자들을 보호하고 비위를 소명하기 위해 그는 밤낮을 가리지 않았다. 6개월간 밤낮으로 감사원 감사관들과 술자리에까지 가서도 소명하는데 헌신했다. 그 결과 선후배들로부터 행정안전부를 구한 영웅, 홍콩의 '주윤발'이라는 별명을 얻었다. 감사원과 매일 밤 힘든 전투가 벌어졌을 때도 그는 몸을 던졌다. 민호는 감사원 감사관들을 대상으로 일과 이후에까지 감사관들에게 소명하느라 밤낮을 가리지 않았다. 그는 행정안전부의 살아있는 전설이었다. 그러던 그가 쓰러진 것이었다.

감사과장의 직무 특성과 그의 고집스러운 신념이 결국 건강의 적신호를 만든 것이다. 강민호 과장 자체가 언제 터질지 모르는 시한폭탄이었다. 그가 119로 실려 간 사건은 어쩌면 예고된 사건이었는지 모른다. 무쇠인간은 이 세상에 없다.

얼마나 시간이 흘렀을까?

민호는 흐릿한 의식 속에서 눈을 떴다. 천장에 달린 형광등이 눈을 찌를 듯이 밝았다. 그는 자신에 연결된 링거를 보며 무겁게 두 눈을 깜박였다. 옆에서 의사가 조심스럽게 말을 걸었다.

"강민호 씨, 이제 괜찮으세요?"

민호는 천천히 고개를 돌렸다. 망원경에서 목표한 물체를 찾을 때처럼 두 눈동자가 주변을 더듬거리며 초점을 서서히 맞추고 소리 나는 곳을 향했다. 응급실 의사의 얼굴과 마주쳤다. 눈가에 잔주름이 보였고 검은 머릿결 속에 희끗희끗한 흰 머리카락이 섞여 있는 정도로 보아 족히 50세 정도는 되어 보였다. 그리고 전문가의 권위의식 같은 것들이 얼굴에도 배어 있어서 그런지 이마가 번들거리는 것도 그와 관계가 있지 싶었다.

"제가 왜 여기 누워 있는 겁니까?"

그의 건조하고 투박한 목소리가 병실 침묵을 깼다.

"일단 안정을 찾는 것이 급선무입니다. 청사에서 쓰러지셨고, 응급실로 실려 오셨습니다. 몸 상태가 많이 안 좋아 정밀검사를 했으니 결과를 보고 말씀드릴게요."

의사가 상황을 설명하고 황급히 사라졌다. 잠시 후 간호사가 침대 머리맡에서 링거 줄을 하나 더 달면서 말했다.

"환자분, 황달 증상이 심했고, 간기능 지표가 비정상적이어서 정밀검사를 하고 있습니다. 추가로 CT와 간초음파를 진행했습니다."

민호는 자신의 손으로 얼굴을 문질렀다. 머리가 깨질 듯 아팠다.

"언제 그 결과가 나오나요?"

"응급 검사로 시행한 거라 응급 판독이 되는대로 좀 전에 만나셨던 김정룡 간박사님께서 결과를 알려주실 겁니다. 조금만 누워서 기다리세요."

황급히 다른 침상으로 이동했다. 민호는 조금 전에 만난 의사가 간박사로 통하는 유명한 전문의여서 그렇게 권위의식이 느껴졌구나 하고 생각했다.

"강민호 환자분… 안전행정부 감사과장이시라면서요. 차관님의 전화를 받았습니다. 강 과장님 좀 잘 부탁한다며 전화를 주셨습니다. 안정행정부의 최고 엘리트 부서장이라고 칭찬까지 하시면서 부탁을 하시더라구요. 나랏일을 하시는 분들은 나랏일을 잘 보살피면서, 정작 자기 몸을 잘 못 살피시는 경향이 있는 듯합니다."

민호는 그토록 권위적으로 느껴졌던 간박사가 이렇게도 온화하고 상냥했던 사람이었나 하고 다시 생각을 가다듬는 사이.

"놀라지 마십시오. 강 과장님은 말기간경화로 판독되었습니다."

그 말이 떨어지자 주변이 얼어붙은 듯 조용해졌다. 민호는 의사의 말을 이해하지 못한 것처럼 물었다.

"뭐라구요? 제가 말기 간경화라구요? 그게 대체 무슨 소리입니까? 말기라니."

"진정하십시오. 쉽게 설명하겠습니다. 과장님의 간은 기능을 거의 하지 못하고 있습니다. 간성혼수 상태가 온 것도 모두 이 때문입니다. 지금은 간이식이 아니면 생명을 유지하기 어렵습니다."

민호의 손이 떨리기 시작했다. 동공이 흔들리기 시작했다. 심장도 벌렁거렸다. 모든 장기들이 비정상적으로 각자 작동되었다.

"간이식이라니… 그럼 제 수명이 얼마 남았다는 겁니까?"

의사는 그를 안심시키려 했지만 목소리에서 무거움이 느껴졌다.

"지금 당장 정확히 예측할 수는 없습니다. 하지만 이식 준비를 최대한 서두르지 않으면 위험합니다. 애석하게도 당장 뇌사자의 공여를 받는 것은 많은 대기자들로 인해 순번이 돌아오지 않을 듯합니다. 그래서 가족 중에서라도 공여할 수 있는 사람이 있는지도 알아봐야 하지 않을까요?"

민호는 고개를 돌려 천장을 바라보았다. 형광등이 눈부시게 빛났지만, 그의 시야는 희미해졌다.

"제가 왜 이렇게 된 건가요? 술 때문인가요?"

의사는 고개를 끄덕이며 말했다.

"간경화의 가장 큰 원인은 과도한 음주입니다. 매일 술을 드시는 과장님의 생활습관이 간에 치명적인 부담이 된 것 같습니다."

민호는 가슴에 손을 얹으며 중얼거렸다.

"이 모든 것이 제가 자초한 거군요. 이식 말고 다른 방법은 없나요?"

이번 사건으로 응급실에서 갑자기 벼락 상봉하게 된 세 명의 가족, 엄격히 말하면 민호와 결혼한 지 일 년밖에 되지 않은 새엄마 선희, 그리고 각각 대학교 기숙사에 기거하는 민호의 두 아들, 현식과 현수가 보호자 대기실에서 처음으로 머리를 맞대게 된 것이다. 분위기는 천근만근 무거웠고 침묵은 강처럼 푸르고 깊었다. 선희와 민호의 두 아들 현식과 현수는 서로의 얼굴을 번갈아 보며 말이 없었다. 대학생이 된 민호의 두 아들은 눈빛에 놀람과 슬픔이 가득했다.

"아버지의 상태는 간이식밖에 치료방법이 없다네. 생체간이식을 받지 않으면…."

선희가 먼저 입을 열었다. 그녀의 목소리는 떨리고 있었다.

"생체간이식요?"

현식이 충격을 받은 듯 목소리를 높였다.

"그럼, 우리 셋 중에서요?"

"현식아 너는 B형 간염보균자라 이식공여자로 적합하지 않다고 의료진에게 들었어."

선희가 조심스럽게 말을 이었다. 현식은 송구스러운 마음에 고개를 떨구며 침묵했다. 보호자 대기실에 흐르는 정적을 깨뜨린 것은 둘째 아들 현수였다.

"그럼, 제가 하겠습니다."

현수의 목소리는 단호했다.

"아버지를 살리기 위해 제가 간을 공여할게요."

선희는 놀란 듯 그의 얼굴을 바라보았다.

"현수야 너는 아직 어리잖니. 이건 쉬운 결정이 아니야."

"그렇다고 아버지를 포기할 순 없어요. 엄마를 교통사고로 잃고 아버지까지 잃을 수는 없어요."

현수의 무거운 표정을 보고 선희는 말을 잇지 못했다. 잠시 머뭇거리다가 결심이 섰는지 입을 열었다.

"그럼, 나도 검사를 받을게. 의사 선생님이 우리 가족 중에 적합성이 맞아야 한다고 말했어. 누가 될지 모르니까."

그녀의 목소리는 담담했지만, 눈가에 눈물이 맺혀 있었다. 가족회의의 결론은 명확했다. 선희와 현수, 두 사람 모두 간 이식 적합성 검사를 받기로 했다. 그들은 각자 두려움을 품은 채, 서로의 결정을 존중하며 이 결론을 받아들였다. 간이식 적합성 검사 전날 밤, 선희는 화장대 거울 앞에서 쉴을 바라보는, 핏기 없는 한 여인의 불안한 그림자를 보았다. 손바닥에 땀이 가득 찼고, 그녀의 심장은 끊임없이 고동쳤다.

'내가 정말 이걸 할 수 있을까? 내 간 일부를 내어준다고 해서 정말로 민호 씨가 살 수 있을까?'

그녀는 남편과 두 아들의 얼굴이 떠올랐다. 현수의 단호한 표정, 현식의 걱정 어린 눈빛, 그리고 민호의 고통스러운 얼굴.

'둘째 현수는 스무 살이니 너무 어리잖아.'

선희는 자신을 다잡으려 노력했다. 그녀는 거울 속 눈을 응시하며 다짐했다.

'나는 할 수 있어. 노처녀로 살다가 민호 씨를 만나 행복한 가정을 꾸렸는데 이건 내 손으로 내 가정을 지키는 일이야.'

그러나 그 다짐 뒤에도 죽음에 대한 두려움은 그녀의 마음 깊은 곳에서 그림자처럼 그녀를 따라다녔다. 무서웠다.

현수는 병원 대기실에서 차가운 의자에 앉아 있었다. 손은 무릎 위에서 떨리고 있었다.

'내가 정말 이걸 해낼 수 있을까?'

그는 어린 시절의 기억이 떠 올랐다. 어머니가 싸늘한 주검이 되어 병상에 누워 있었던 모습. 그때는 아무것도 할 수 없었다. 무력하기만 했던 그날이었다. 하지만 지금 현수는 스무 살 성인이 되어 있었다.

'아버지는 나에게 남은 가족이야. 내가 지켜드려야 해.'

그러나 마음 깊은 곳에는 죽음에 대한 본능적인 두려움이 있었다. 현수는 떨리는 손을 불끈 쥐며 마음을 다잡았다. 대기실 창문 밖으로 병원의 풍경이 그의 눈에 들어왔다. 초록 나무와 사람들의 움직임이 평화롭게 보였다. 하지만 그의 머릿속은 끊임없이 복잡한 생각들로 가득 찼다.

'두렵지만 난 그 두려움을 넘어야 해.'

드디어 검사 결과를 통보받는 날, 간이식 상담실에는 긴장된 침묵이 흘렀다. 선희와 현수는 서로를 바라보며 불안한 미소를 짓고 있었지만, 그들의 시선은 흔들리고 있었다. 마침내 문이 열리며 간박사가 들어왔다. 그는 차분한 표정이었지만, 눈빛에는 재회의 반가움도 들어 있었다.

"결과가 나왔습니다. 검사 결과를 차근차근 설명하겠습니다. 결과에 앞서 두 분 모두 간이식 적합성 검사를 받으시느라 고생 많으셨습니다. 가족이 이렇게 헌신적으로 기증 의사를 밝히는 일은 매우 드문 일입니다. 이럴 때 저희 의료진도 힘이 됩니다."

현수가 성급하게 입을 열었다.

"선생님, 제 검사 결과는 적합판정인가요?"

"먼저 말씀드리자면, 두 분 모두 ABO혈액형 적합성 검사에서는 결과가 좋습니다. 이는 간 공여자로서 가장 기본적인 조건입니다."

"그렇군요. 그럼 둘 다 가능하다는 말인가요?"

선희가 물었다.

"아닙니다. 그 부분이 조금 더 복잡합니다. 선희 씨와 현수

군, 두 분 모두 검사 결과에서 다른 부분에 차이가 있습니다. 먼저 선희 씨의 경우 ABO적합성 검사에서는 문제가 없었습니다. 하지만 선희 씨의 간 크기가 공여자로서 충분하지 않을 가능성이 높게 나타났습니다. 이식 후 강민호 씨의 상태를 완전히 회복시키기에 간 크기가 부족할 수 있다는 평가가 나왔습니다."

"간의 크기가 부족하다고요? 제 간이 작아서 문제가 될 가능성이 있다는 말씀입니까?"

"네, 맞습니다. 선희 씨의 체격과 신체적 조건을 고려했을 때, 간의 크기가 강민호 씨에게 충분한 기능을 제공하지 못할 가능성이 있습니다. 그로 인해 이식 후 합병증이 발생하거나 환자분의 회복이 더디게 진행될 수 있습니다.

현수가 눈을 크게 뜨며 말했다.

"그럼 저는 가능하다는 말씀이죠?"

"맞습니다. 현수 군의 간은 공여자 수여자 모두 O형이어서 ABO적합성 검사도 적합하고 무엇보다도 간의 크기도 적합한 것으로 나왔습니다. 의학적으로는 기증한 후 잔여 간의 비율이 최소한 30%는 넘어야 기증자가 안전하게 회복할 수 있고 간이식을 받는 측에서도 충분한 양의 간이 있어야만 원활하게 회복할 수 있으므로 예상 잔여 간 비율이 30%가 안 되거나 너무 간의 크기가 작으면 기증자로서 부적합하다고 판단합니다."

"어머니, 아버지를 지키는 것도 이 아들의 몫이에요. 너무 걱정하지 마세요."

"그럼, 바로 현수 군의 이식 준비를 진행하겠습니다. 그리고 가족 사랑에 대해 경의를 표합니다. 현수 군이나 선희 씨나 대단한 결정을 내려주신 것만으로도 이미 희망적이라고 말하고 싶습니다. 최선을 다하겠습니다."

상담실을 나서는 새엄마 선희, 그리고 대학생 아들 현수, 그동안 서먹서먹했었던 모든 것들이 눈 녹듯 녹아내렸다. 문을 나서며 선희는 현수의 손을 잡았다. 선희의 따스한 두 손이 현수의 두 손을 꼭 감싼 채 서로 한동안 아무 말도 하지 않았다. 드디어 선희가 말했다.

"현수야, 고맙다. 그리고 고맙다는 말밖에 못 하겠다. 이제부터 두 사람의 수술 성공을 위해 기도할게."

현수는 고개를 끄덕이며 말했다.

"아버지가 다시 건강을 되찾고 회복하셨으면 좋겠어요. 저도 이번 일로 어머니께 감사해요."

가족은 하나의 목표를 향해 마음을 모았다. 강민호의 부활을 꿈꾸며 서로를 위로했다. 아버지의 간 공여자로 나선 현수의 결심을 아는 선희는, 현수의 심리적 갈등과 두려움, 희망, 그리고 잠재적인 희생의 무게는 스물 나이로 감당하기에 벅차다 생각했다. 그러나 현수의 결정과 헌신이 아버지 민호를 살리는데 최적합이었다. 두 사람은 피를 나눈 부자지간이었기 때문이었다. 하지만 민호는 막내의 목숨을 담보로 생존하겠다는 것에 대하여 무조건 동의할 수 없었으나, 살아갈 유일한 희망이 그 방법 밖에 없으니 반대할 수도 없는 상황이었다. 이제 부자에게는 고위험 고난이도의 간이식 적출술과 이식술을 성공적으로 마쳐야 하는 가장 큰 과제가 남아있었다.

 수술 전날 밤, 복수가 가득 찬 배를 잡고 민호는 아들을 바라보고 있었다. 그저 미안하고 고마울 뿐이었다. 아들의 간을 떼어서 자신의 간에 이식을 한다는 사실이 믿어지지 않았다. 민호가 할 수 있는 것은 간절한 기도 뿐이었다. 먼저 아들이 안전하게 수술받을 수 있기를 기도했다. 그리고 그 기증이 성공적으로 이어질 수 있도록 도와달라고 하느님께 빌었다.

 사실 민호의 인생 1막은 신들도 질투할 정도로 화목한 가정이었다. 민호네 가정은 그야말로 꿀과 평화가 넘치는 낙원이었다. 민호의 삶은 계획된 도시처럼 반듯반듯하여 무엇 하나 굴곡진 곳이 없었다. 걸림돌이 없었다. 사람 좋지, 사람들과 잘 어울리지, 그리고 잘 생겼지, 술도 잘 마시지. 흠잡을 데가 없었다. 그의 친구 중에서도 가장 신사답고 멋진 사나이였다. 대학 시절 미팅에 나가면 민호의 성적은 무조건 10전 10승 수준이었다. 여자들이 제일 눈독을 들이는 최상의 조건을 가진 남자였다. 즉 남자 킹카였다. 그런 최고의 남자가 최고의 여자를 만나서 결혼을 했으니 주위의 시선은 부러움 자체였다.

행정안전부 공무원인 그의 직업이 튼튼했고, 중학교 영어 선생이었던 그의 아내 '지혜'도 직업에서 풍겨 나오는 교양미가 넘치는 여인이었다. 모두가 부러워하는 한 쌍의 커플이었다. 고등학생인 두 아들은 부모의 손길이 없어도 자율주행하듯 잘 성장했다. 강물의 저 끝에서도 행복한 웃음소리가 들릴 정도로 너무 행복했기에 신이 질투를 한 것일까? 행복했던 일상의 뒤편에, 비극의 그림자가 소리 없이 다가오는 것을 아는 사람은 없었다. 너무 단란하고 행복했던 시절은 거기까지였다.

지혜는 두 아들과 집 근처 갈비집에서 하루일과를 이야기하며 즐거운 저녁 만찬을 끝냈다. 늘 그랬듯이 모범생인 두 아들은 독서실로 향했고, 지혜는 운동복 차림으로 헬스장으로 향했다. 두 아들이 독서실에서 11시쯤 집에 왔을 때 늘 반갑게 맞아주던 어머니가 보이지 않았다. 그런 적은 한 번도 없었다. 헬스장은 밤 10시에 문을 닫기 때문에 집에 오면 항상 어머니가 있었다. 밤 12시가 되자 두 아들은 갑자기 불안해지기 시작했다. 그러자 큰아들 현식은 경찰서에 어머니의 행방불명을 신고했다. '녹색 운동복을 입고 외출한 어머니가 돌아오지 않았다'는 신고에 경찰관 전화 음성이 갑자기 이상 반응을 보였다.

"학생, 어머니가 녹색 운동복을 입은 것이 맞아?"

"예, 어머니가 늘 운동가실 때 입는 녹색 운동복이에요."

"그래, 신원미상의 녹색 운동복을 입은 중년 여성이 병원에 있으니 신원 확인해야 하니까 빨리 경찰서로 와."

"예? 병원이요? 우리 어머니가 맞나요? 의식은 있나요?"

"우선 경찰서로 먼저 와. 내가 직접 동행할 거야. 신원을 확인해야 하니까."

경찰은 달려온 두 아들을 경찰 호송차에 싣고 병원으로 향했다. 그들이 도착한 곳은 병원이 아니라 영안실 시체 안치실이었다. 두 아들은 경찰관을 바라보며 따지듯 물었다.

"경찰관님, 아니 병원이라더니 왜 영안실로 온 거예요?"

경찰은 대답을 하지 않고 천장을 올려다보았다. 그런 경찰을 물끄러미 바라보던 영안실 직원이 13번 물품보관함처럼 생긴 함을 당겼다. 레일을 타고 흰 천에 덮인 시신이 나왔다.

영안실 직원이 흰 천을 걷었다. 순간 두 아들은 실신했다. 그 물체는 녹색 운동복에 노란색 둘리 양말을 신은 어머니의 시신이었다. 두 아들은 울부짖었다. 그 울음은 영안실을 통째로 삼키고도 남았다. 순식간에 통곡의 바다가 되어버린 영안실. 두 아들을 바라보던 경찰관도 영안실 직원도 눈을 벽으로 돌렸다.

"엄마, 제발 눈 좀 떠봐. 눈을 뜨라고."

세상에 이보다 더 큰 슬픔이 있을까? 신은 왜 이토록 잔인할까? 아니 슬픈 비극을 연출하는 걸까? 두 눈으로 보고도 믿기지 않은 현실. 아니 비현실. 뭐라 표현할 길이 없었다.

두 아들의 대성통곡을 애달프게 바라보던 경찰관이 큰아들 현식에게 다가가 들썩이는 두 어깨를 감싸며 말했다.

"횡단보도를 건너시다가 신호를 위반한 뺑소니 차량에 치였어. 구급차로 병원에 이송되셨는데 응급실에 도착하기 전에 운명하셨어. 소지품이 없어서 신원을 확인할 수가 없었어. 운명하신 시간은 7시 50분이야. 아직 뺑소니는 못 잡았어, 곧 우리가 잡을 거야. 아빠에게 연락이 안 돼. 이제 너희들이 아빠에게 연락해 봐."

민호의 그날 귀가한 시간은 새벽 두 시 경이었다. 민호가 밤늦게 집에 도착했을 때는 항상 불이 꺼져 있었는데 그날은 집안에 모든 불이 환하게 켜져 있었다. 민호는 평소처럼 가족들이 깰까 봐 뒤꿈치를 들고 살금살금 안방으로 갔다. 아내가 없었다. 화장실을 열어보았다. 거기에도 없었다. 무슨 일이지?. 아이들 방으로 갔다. 아이들도 없었다. 순간 민호는 술이 확 깼다. 무슨 일이 생겼나? 핸드폰을 열었다. 아뿔싸, 상도경찰서와 두 아들의 이름으로 30통이 넘는 부재중 전화가 찍혀 있는 것이 아닌가? 그중 문자 메시지가 눈에 들어왔다.

 -상도경찰서 김 경위입니다. 금일 저녁 배우자께서 교통사고를 당하셨습니다. 문자 확인하시는 대로 대한병원으로 오세요.

 민호는 문자를 확인하면서 두 눈을 다시 의심했다. 무슨 헛소리야. 믿어지지 않았고 믿을 수도 없었다. 부랴부랴 아파트 정문 앞에서 택시를 잡아타고 대한병원으로 향했다. 장례식장 앞에 정차되어 있는 경찰차의 경광등이 눈에 들어왔다. 고요한 밤, 별빛조차 슬픔에 잠긴 듯 흐릿하게 빛나고 있었다. 민호의 가정은 어둠과 슬픔의 긴 터널 속으로 빠져들었다. 영안실의 밤공기가 차가웠다. 아들들이 겪은 것처럼 시신 확인 절차를 겪으며 절망과 슬픔의 심연으로 빠져들었다.

 화마가 휩쓸고 지나간 것처럼 평화롭고 행복한 가정은 순식간에 잿더미가 되었다. 가족들의 대화로 따스했던 집 안은 절간과도 같았다. 지혜의 손때가 묻은 가구와 살림살이들은 그대로다. 그러나 안주인이 흔적도 없이 사라져 버렸다. 집안은 침묵의 공간이었다. 민호도 두 아들도 어찌할 바를 몰랐다. 적응이 되지 않았다. 민호는 술로 모든 것을 잊으려 했다. 그것은 그가 직면한 상심의 날카로운 칼끝을 무디게 마비시키는 유일한 위안이었다. 매일 밤, 술잔을 들고 부엌 식탁에 앉았다. 술은 지혜를 다시 데려오지 못했고 마실수록 눈물이 흘러내렸다. 술이 그녀의 부재로 인한 공허함을 달래주지는 못했다. 그러나 고통을 누그러뜨리고, 밤을 더 짧게 만들고 낮을 더 견딜 수 있게 만들었다. 민호의 삶은 상실과 슬픔의 일상이 되었다. 과거에 사로잡혀서 지혜의 유령과 동거했다.

지혜가 떠난 지 5년이 넘었는데도 민호는 그대로였다. 그것을 지켜보던 죽마고우 창민은 아내 영자의 친구인 선희를 민호에게 소개했다. 선희는 독신이었지만 성격이 발랄하고 유쾌했다. 특히 술자리를 마다하지 않는 애주가였다. 민호도 애주가요 선희도 애주가라는 공집합은 두 사람 관계를 급속도로 발전시켰다. 민호의 두 아들도 모두 대학생이었고 민호는 홀로 지낼 이유가 없었다.

두 사람은 만난 지 한 달 만에 결혼식은 올리지 않은 채 부부의 연을 맺으며 신접살림을 꾸렸다. 둘은 민호의 집에서 둥지를 틀었다. 슬픔의 바다에서 표류하던 민호의 삶은 선희가 그의 둥지로 들어오면서 새로운 전기를 맞았다. 그녀는 슬픔의 안개에 쌓인 민호의 집에 슬픔이라는 먼지를 털어내고 새로운 희망의 등불을 켰다. 불행의 대청소를 마친 둥지는 새집에 보일러를 놓은 것처럼 다시 온기가 돌아왔다. 조용한 이해심과 온화한 존재감으로 선희는 민호를 감싸안았다. 그녀는 어둠 속에서도 부드러운 빛이 되었다.

 신혼은 젊은이들 못지않을 정도로 사랑의 일기장을 보는 듯했다. 한 존재가 한 존재를 완전히 잊히게 할 수도 있었고 한 존재가 한 존재를 완전히 부활시킬 수도 있었다. 한 존재가 병든 다른 한 존재를 완전히 환생시킬 수도 있는 것처럼.

 자신의 병든 간을 다시 살리려고 아들 현수의 생체 간을 이식받는다는 생각에 민호의 마음도 무겁고 아팠다. 그러나 현실은 별도리가 없었다. 다른 대안이 없었다. '내가 큰 빚을 졌고 큰 짐이 되었구나'라고 민호의 가슴은 시리고 아팠으나 어쩔 수 없이 운명처럼 받아들여야 했다. 아들 현수는 병실 복도를 걸으며 한 걸음 한 걸음 자신의 선택을 조용히 확인했다. 현수 자신과 아버지가 모두 마땅히 받아야 할 삶의 심지,

이것이 그가 알고 있던 아버지와 함께하는 마지막 밤이 될지도 모른다는 두려움의 그림자를 막아 주었다. 그의 결심은 조용한 불꽃이었으나 북극성처럼 더욱 선명해졌다. 아들은 아버지를 위해 주저하지 않고 수술대 위에 누워 자신의 생체 간을 공여하기로 한 만큼 죽음의 벼랑에 서 있던 민호가 부활해야만 아들의 목숨 건 행위가 위대해지는 것이기도 했다. 민호는 생체 간 기증에 내재 된 위험에 대한 두려움을 능가하는 용기를 낸 둘째 아들이 너무 대견하고 고마웠다.

수술 하루 전날, 민호의 많은 생각은 파도처럼 일렁거렸다. 그는 아들의 간 공여에 깊은 고마움을 느끼는 동시에 수술에 대한 위험, 성공과 실패, 죄책감과 두려움에 사로잡혔다. 그의 선택지는 사실 없었다. 오로지 기도 이외에 그가 할 수 있는 것은 없었다. 목숨을 건 아들의 간 공여가 헛되지 않도록 해달라고 기도를 했다. 아들 현수도 그랬다. 수술 전날, 현수는 공여자 수술 동의서를 받으러 병실로 온 레지던트의 설명이 귀에 들어오지 않았다. 모든 것을 하늘에 맡기는 심정으로 동의서에 서명했다. 건너편 병상에서 아들을 지켜보던 민호는 눈물을 흘렸다. 그러다가 아들과 시선이 마주치자 눈물을 보이기 싫어 애써 창밖을 보았다. 하늘은 맑았다. 아들 현수가 침상에서 내려와 민호의 병상으로 다가갔다. 그러더니 아버지의 두 손을 잡으며 말했다.

"아빠, 나도 잘 할게. 아빠도 잘 해야 돼."

"그래 현수야. 아빠도 잘 할게. 너도 잘 해."

민호는 목이 메어 간신히 대답했다. 대신 아들 손을 꼭 잡았다.

"우리 아들이 의젓하고 대견하게 컸구나"

긴 한숨을 쉬었다. 간이식 수술은 그들의 운명을 바꾸어 놓았다. 죽음의 벼랑 끝에 서 있던 아버지와 아들을 결속시키는 사건이었다. 혈육의 뜨거운 피를 실감했다. 민호는 수술을 앞두고 잠이 오지 않아 천장을 바라보고 있었다. 어둠 속에서 아들과 선희, 그리고 세상을 먼저 등진 지혜의 얼굴이 떠올랐다.

민호와 아들 현수는 수술실로 이송되었다. 침대에 누워 서로를 보았다. 서로의 간절한 기도와 염원이 눈빛으로 말하고 있었다. 병원의 간 이식팀은 아들의 장기를 먼저 절제했다. 수술은 최소 절개 기법을 이용해 복부에 10cm 미만의 작은 절개 부위만 복강경을 이용한 수술로 흉터와 합병증 발생 가능성을 최소화해 성공적으로 잘라냈다.

한편 민호는 수술실의 무영등을 보았고 독한 소독 냄새를 맡았다. 마스크를 쓴 수술팀의 얼굴이 보였다. 마취가 그를 망각에 빠뜨리기 전 마지막으로 본 것이었다. 의식의 마지막 순간에 민호는 다시 건강을 회복한다면 주변을 위한 삶을 살아야겠다고 생각했다. 간경화가 진행되어 침범한 담도와 폐쇄된 간문맥 전체를 제거하고 간의 촘촘한 혈관을 연결하는 수술이었다. 민호는 꿈속에서 의사들의 대화를 들었다.

"수술이 잘 되었네요."

아니면 마취가 깨면서 비몽사몽간에 들었던 것 같기도 했다. 수술 후 2번의 고비를 넘기고 병실로 이동되었다. 민호의 기적 같은 회생은 드라마 자체였다. 선희는 병실에서 민호를 재회했다. 가족이라는 것이 무엇인가? 민호는 가슴속에서 뜨거운 눈물이 흘러내리고 있음을 느꼈다.

수술 후 날이 갈수록 민호는 육체뿐 아니라 정신까지 새롭게 회복되는 것을 느꼈다. 회복 속도가 빨라지자 의료진이 퇴원 논의를 하고 있음을 간접적으로 들으며 큰 산을 넘었구나 생각했다. 민호는 의료기기 신호음 때문에 잠에서 깨어났을 때도 그가 쉬는 숨결 하나하나가 아기가 태어나 처음 인지하는 생의 합창처럼 들렸다. 모든 것이 새로웠다. 병실에서 나는 소리, IV의 느린 수액 물방울 소리, 모든 것이 두 번째 삶의 기회가 속삭이는 소리였고 풍경이었다. 아들의 용기로, 아들의 간으로 새 삶을 얻은 것을 다시 깨달았다. 그래서 더욱 소중한 생명의 신비를 맛보게 되었다.

 수술 후 3일째 되는 날, 민호는 일반병실로 돌아왔다. 여전히 많은 수액이 매달려 있었고 산소포화기도 중증치료를 위한 의료기기들에서 알람과 그래프가 실시간으로 작동되고 있었다. 병실의 메마른 빛 속에서 민호는 건너편 병상에 누운 아들을 바라보았다. 자신이 키운 소년이 아니라, 마치 자기 자신이 된 남자가 보였다. 주렁주렁 매달린 많은 수액이 수술의 위험도를 가늠케 해 주는 증거물이었다. 바이탈 모니터링 기기들이 침묵의 공간에서 주기적인 신호음을 냈다.

 간 공여 수술을 마친 현수도 깊은 안도감과 자부심을 느꼈다. 그는 아버지의 회복을 실질적인 결과로 보고, 조용한 만족감과 아버지에 대한 깊은 유대감을 느꼈다.

 수술하고 일반병실로 돌아온 후부터 민호에게서 첫 번째 이상한 후유증이 나타났다. 민호의 인식 세계에 오류가 나타났다. 정신세계의 변화였다. 예전의 민호가 아니었다. 그는 아들의 간을 이식받은 이후 선희를 5년 전 사망한 아내 지혜로 착각하는 인식 오류가 발생한 것이었다. 사람에 대해서는 인식장애가 없었는데 유독 선희를 지혜로 인식하는 장애가 발생한 것이었다. 아주 자연스럽고 당연한 것처럼 선희를 지혜라 불렀다. 그런 민호를 보고 가장 놀란 사람은 선희였다.

"민호 씨, 괜찮아요?"

선희가 물었다.

"지혜야, 왜 그렇게 물끄러미 나를 바라보고 있어?"

선희는 당황한 표정으로 대답했다.

"민호 씨, 저는 선희예요. 지혜가 아니에요."

"지혜, 왜 그래. 안색이 안 좋아 보여? 환자인 나보다 더 안 좋은 걸."

민호가 다정히 말했다. 선희는 잠시 멍해졌다가 민호의 손을 잡으며 말했다.

"민호 씨, 저는 지혜 씨가 아니라 선희예요. 당신의 새 아내요."

민호는 눈을 깜박이며 선희를 바라봤다.

"무슨 소리를 하는 거야? 지혜야. 또 선희는 누구야?"

선희는 혼란스러운 마음을 진정하려 애를 썼다. 주치의도 대수술의 부작용으로 잠시 정신적인 혼란이며 다시 돌아올 것이라며 선희를 안심시켜 주었다. 여전히 선희는 정신적인 혼란을 극복하려고 몸부림쳤다. 하지만 민호는 계속해서 선희를 지혜라고 인식장애를 겪었다.

민호의 행동과 말투는 과거 5년 전 그때로 회귀한 상황이었다. 선희는 점점 더 혼란스러워졌지만, 민호를 이해하려 노력했다. 그러면서도 선희는 답답한 마음에 이따금 눈물이 났다.

"민호 씨, 저는 정말 선희예요. 우리가 함께 한 시간을 기억해 봐요."

그러나 민호의 눈에는 선희가 아니라 지혜로 보였다. 그는 계속해서 선희를 지혜라 부르며 일상생활을 이어갔다. 선희는 처음에는 혼란스러웠지만, 민호가 자신에 대한 인지장애 말고는 점점 더 젊어지고 건강하게 회복하는 모습을 보며 안도했다. 선희는 자신에 대한 인지장애를 그냥 수술 부작용이라고 받아들이기로 했다.

새 생명을 얻은 이후 민호의 두 번째 큰 변화는 성욕과 식욕이었다. 도무지 믿기지 않는 변화였다. 수술 후 민호의 육체는 이식받은 아들 현수처럼 21살의 청년처럼 변해 있었다. 어깨가 딱 벌어지고 팔의 알통과 허벅지는 꿀벅지로 변해가는 것으로 부족했을까. 결혼 후 민호는 한 달에 서너 번 정도, 50세 전후가 보이는 정도의 부부관계를 했었다. 그런데 수술 후 민호는 21살 청년처럼 새벽마다 발기를 하는 것이었다. 이 증상은 퇴원을 하고도 계속되었다. 주당 3회 정도 부부관계를 요구해서 선희는 무척 당황스러웠다. 부부관계도 마치 젊은 신혼부부처럼 활발해져 선희는 신체적으로 정신적으로 오히려 부담스러울 정도였다. 선희가 민호를 말리는 상황이 잦았다.

"민호 씨, 오늘은 좀 쉬어요. 너무 무리하지 말고요."

걱정스럽게 선희가 말했다. 민호는 웃으며 대답했다.

"알았어, 지혜야. 걱정하지마. 나 정말 괜찮아. 스무 살 때처럼 건강해졌어."

그들은 함께 산책하며 자연을 즐겼다. 그들은 서로의 사랑을 확인하며, 미래를 향한 희망을 이야기했다.

"민호 씨, 우리가 이렇게 함께 할 수 있어서 너무 행복해요."

선희가 말했다. 민호는 웃으며 대답했다.

"나도 그래. 너와 함께 하는 모든 순간이 소중해."

건강한 일상이 이어졌다. 성욕의 변화처럼 식욕도 왕성해져서 밥상을 차리기가 무섭게 모두 싹쓸이를 했다. 대단한 대식가로 변해 버렸다. 너무나도 잘 먹고 잘 소화하여서 돌도 씹어 삼킬 정도의 왕성한 식욕을 보였다. 민호는 거울 앞에서 자신의 모습을 보았다. 그는 젊고 건강한 21살의 청년처럼 혈색도 좋아졌고 신체도 좋아 보였다.

"지혜야, 정말 신기하게도 20대 청년처럼 이렇게 젊어졌어."

민호가 자신의 모습에 놀라 말했다. 선희는 민호 곁에 서서 거울을 보았다.

"민호 씨, 정말로 너무 젊게 변했어요. 어떻게 이런 일이. 당신 옆에 있으면 내가 노인이 된 것 같아요. 젊은 당신이 겁나요."

걱정하는 선희를 향해 민호는 말했다.

"이제 나는 다시 젊어졌어. 이 모든 게 꿈만 같아. 우리 두 사람을 위한 변화가 아닐까?"

선희는 민호의 변화를 운명으로 받아들이기 시작했다.

"민호 씨, 어쨌든 당신이 다시 건강해진 것은 기적이에요. 우리가 함께 새로운 삶을 시작할 수 있어서 정말 기뻐요."

민호는 미소 지으며 선희의 손을 잡았다.

"나도 그래, 지혜야. 이제 우리는 함께 제2의 인생을 사는 거야. 알았지?"

새벽 밤하늘 그믐달이 뜬 날이었다. 자정 무렵 잠이 든 민호가 간이식 수술을 받은 날처럼 꿈의 세계로 빠져들었다. 이번에는 첫 부인인 지혜와 함께 하늘나라로 가는 길을 걷고 있었다. 지혜는 하얀 옷을 입고 있었고, 그녀의 얼굴은 평화로워 보였다.

"지혜야, 이제 정말로 너를 떠나보내야 할 것 같아."

민호가 슬프게 말했다. 그러자 지혜는 민호의 손을 꼭 잡으며 말했다.

"그래, 민호 씨. 이제는 내가 당신을 놓아줄게. 이제부터 당신도 새로운 삶을 살아요."

지혜의 말이 떨어지자마자 그들은 하늘로 올라가는 무지개 계단을 따라 구름 위를 함께 걸었다. 지혜는 민호를 향해 마지막으로 미소를 지으며 말했다.

"행복해야 해, 민호 씨."

민호는 눈물을 흘리며 지혜를 배웅했다. 그녀는 점점 멀어지더니, 하늘나라로 사라졌다. 선희가 끙끙거리는 민호를 흔들어 깨웠다.

"악몽을 꾸는 것 같아 깨웠어. 왜 그리 끙끙거렸어?"

"아니야 선희야 모두가 행복하게 되는 꿈을 꾸었어."

"지금 뭐라고 했어. 늘 나를 지혜로 부르더니 선희라고 했지?"

"선희야 내가 언제 그랬어?"

선희는 느끼고 있었다. 민호가 수술 후 장애가 모두 정상적으로 회귀하고 있음을. 그렇지 않아도 민호도 자신이 다시 종전으로 회귀하고 있다는 것을 느꼈다. 얼마 전부터 근육이 몸에서 빠져나가는 것을 느꼈다. 젊은이의 근육질 몸매는 사라지고, 원래의 몸으로 민호가 다시 환원되고 있었다. 병원을 방문했다. 주치의는 민호의 바이탈 사인을 검사했다.

"강민호 씨, 놀라운 일이군요. 당신의 모든 신체 지표가 다시 원상태로 돌아왔습니다. 마치 기적과도 같습니다."

민호는 의사의 말을 듣고 고개를 끄덕였다.

"네, 이제 모든 것이 정상으로 돌아왔군요. 아쉬운 것도 있고 다행스러운 것도 있습니다."

그는 안도감과 함께 혼란스러움을 느꼈다.

선희가 밥상을 차리고 있었다. 민호는 그녀를 바라보며 말했다.

"선희야, 어젯밤 꿈속에서 지혜를 만났어. 하늘나라로 배웅을 해주고 왔어. 그리고 나에게 선희와 행복하게 잘 살라고 하더군. 작별 인사를 하다가 잠에서 깨어났어. 아주 긴 꿈이었어."

선희는 눈물을 흘리며 민호를 안았다.

"민호 씨, 정말 당신으로 돌아와서 너무 기뻐요. 너무 행복해요."

민호의 원래 생일은 5월 5일 어린이날이었다. 인생 2막의 생일은 간이식을 받은 11월 11일이었기에 두 개의 생일이 생겼다. 퇴원 후에도 면역억제제를 평생 복용해야 한다. 이것이 감염 합병증과 종양 성장에 영향을 미치기 때문이었다. 환자의 간기능 수준과 거부반응 정도, 합병증 가능성 등이 항상 염려되기 때문에 선희의 보살핌이 더 중요해졌다. 혈액검사의 경우 퇴원 후 주기적으로 시행해야 하는데, 1년간 1~2개월에 1회, 1년 이후에는 3~6개월에 1회 병원 진료를 받아야 했다. 영상검사도 12개월에 한 번은 받아야 한다. 선희가 직접 운전을 해서 민호의 병원 일정을 소화해 냈다. 그야말로 현모양처, 내조의 여왕이 되었다. 식생활 관리 역시 매우 중요하기 때문에 건강 유지에 충분한 음식 섭취가 필요했고 위생 수칙도 철저하게 관리했다. 면역억제제의 부작용으로 체중이 증가할 수 있어서 선희는 모든 음식을 싱겁게 요리했고 균형 잡힌 식단을 마련했다.

 선희는 민호의 인생 2막의 동반자로 변신해 간이식 후 민호의 회복에 매진했다. 결혼 1년의 신혼임에도 불구하고 그들의 관계는 오랫동안 함께한 삶의 깊이를 담고 있었고, 돌봄의 순간마다 그들의 결합의 유대는 더욱 깊어졌다. 부드럽고 따스한 마음으로 선희는 민호를 극진하게 간병했다. 매일 아침, 그녀는 민호의 회복을 돕기 위해 새벽부터 식사 준비와 산책

등 하루일과를 함께 했다. 민호가 견딜 수 없는 고통의 세월에 마침표를 찍을 수 있었던 것은 선희가 망망대해에 표류하는 민호의 닻이 되어 주었기 때문이었다. 먼 바다를 항해하는 선원들의 귀를 막고 사랑하는 율리시스가 난파하지 않도록 밧줄로 묶어 주는 여인이 선희였다. 사이렌에 현혹되지 않도록 민호의 흔들리는 파동을 잡아주는 선희. 그녀의 변함없는 헌신 덕분에 민호는 몸과 마음이 치유되었다. 그녀의 사랑과 보살핌은 어떤 의사도 처방할 수 없는 약이었다. 이제 민호는 수술 전 모습을 거의 다 회복하여 정상으로 돌아왔다.

"선희 씨, 당신과 현수 덕분에 내가 새 생명을 얻었어. 고마워. 가끔은 두 번째 변신이 그리울 때가 있어. 당신은 안 그래?"

말없이 선희가 눈을 흘긴다. 새벽녘 하늘에 그믐달이 내려와 민호와 선희의 보금자리를 비추고 있다. 한 폭의 묵화처럼. ✈

—《한국소설》 2025년 1월호.

ㅂㅜㄹㄲㅗㅊㅕㅇㅇㅜㅇ **불꽃영웅**

불 속에서 죽어가는 사람을 꺼내는 소방관의 생명 사랑

불꽃영웅

1

 가을에는 국화꽃이 제격이다. 불꽃 같은 열애였기에 장미꽃 아니면 붉은 꽃 아그배나무로 꽃길을 장식해야 했다. 하지만 신랑과 신부는 소박하고 겸손한 결혼식을 희망했다. 비싸고 화려한 은방울꽃을 레이스 장식처럼 주렁주렁 늘어뜨리고, 근처에만 가도 진한 향기가 코를 벌름거리게 하는 등나무꽃으로 꽃길을 장식하고 싶었지만 그렇게 하지 않았다. 누구나 일생에 단 한 번뿐인 결혼식의 분위기를 최고로 만들고 싶지 않은 신랑 신부가 어디 있으랴. 오늘 신랑 신부는 결혼식 자체로도 충분히 고맙고 감사했다.

"그럼, 지금부터 신랑 신부 혼인서약이 있겠습니다."

사회자의 안내가 있었다.

"나 신랑, 유지한은 사랑하는 신채린을 아내로 맞으며 영원한 사랑을 맹세합니다. 앞으로도 더욱 햇살처럼 밝고 따스한 미소 잃지 않고 언제나 다정하게 안아주는 남편이 되겠습니다."

"나 신부 신채린은 사랑하는 유지한을 남편으로 맞으며 영원한 사랑을 맹세합니다. 앞으로 남편이 좋아하는 요리를 하며 모든 소중한 인생길을 함께 하는 배필이 되겠습니다. 그리고 영원히 남편만을 사랑하겠습니다."

결혼이 성사되기까지 난관이 많았다. 3년의 열애 끝에 사랑이 깊어지며 양가에 혼담이 오가던 때, 지한이 소방관 임용을 앞두고 있다는 이야기에 채린의 아버지가 결혼을 결사반대했다. 딸 가진 부모의 입장을 생각하면 이해가 안 가는 것은 아니었지만 지한은 장인이 매우 야속했다. 상견례 이야기가 나오던 중 사건의 발단은 엉뚱한 곳에서 일어났다. 결혼을 한 달 앞둔 20대 소방관이 3층 상가건물 화재현장에 투입되었다가 사망한 사건이었다. 물론 이 사건은 소방관들의 가슴에도 큰 상처를 남겼다. 공중파 방송을 타고 사연이 보도되면서 장인은 큰 충격을 받았다. 따라서 결사반대의 입장으로 선회하는 계기가 되고야 말았다. 물론, 결혼을 앞두고 있는 소방관, 지한의 마음도 너무 아팠다. 화재 당시 주변에서 소문이 돌았다.

"불이 난 3층 미용실에서 가끔 직원들이 숙식해요"

인명구조를 위해 예비 신랑이 현장에 투입됐다. 혹시 안에 사람이 있을 수 있다는 가능성에 119안전센터 대원 2명과 구조대원 3명이 공기호흡기와 방화복을 착용하고 건물로 진입했다. 당시 3층 미용실에는 잔불이 있고, 연기가 뿜어져 나오고 있었다. 진입한 지 20여 분쯤 지난 뒤 입구 쪽에서 불길이 삽시간에 번졌다. 미용실에 있던 스프레이 등 인화성 물질이 폭발하면서 불길이 확산되었다. 건물 밖에 있던 대원들은 상황이 위급하다고 보고 바닥에 안전 매트를 설치했다. 대원 5명은 3층 유리창을 뚫고 몸을 던져 가까스로 탈출했지만 거센 불길 속에서 화상과 골절상을 피할 수는 없었다. 예비 신랑도 가슴과 다리에 2도 화상, 팔뚝에는 3도 화상을 입었으나 상처의 범위가 너무 심각했다. 그는 다음날 화상전문병원 중환자실에서 끝내 숨을 거뒀다. 속옷 주머니에서 나온 한 통의 편지가 유족들과 동료들의 심금을 울렸다.

"사랑하는 승호 씨! 우리 부부가 될 날이 며칠 남지 않았네. 이제 우리는 하나가 아니고 둘이야. 세상에서 가장 소중한 승호 씨! 서로서로 존중하며 배려하고 살자. 두 손을 걸고 맹세한 우리의 사랑, 양가에 행복한 모습으로 보답하며 살자. 배 속에 있는 우리 아기도 잘 기르고 행복한 가정을 만들어가요. 승호 씨는 특히 아이를 좋아하니까 다정한 아빠가 되겠네. 한 가지 명심할 것은 우리 아빠가 승호 씨에게 한말 기억하지? '자네는 훌륭한 직업을 가졌지만 내 딸은 안되네. 이렇게 말하고 싶지만 우리 지수가 자네를 너무 사랑하니까 듬직한 자네를 봐서 결혼을 승낙하는 걸세.' 그러니까 우리가 이제는 둘이 아니고 하나야. 안전을 생명처럼 돌보는 거 잊지 말아요. 승호 씨는 하는 일이 늘 위험하니까 조심하고 오늘도 안전 또 안전하게 근무해요. 세상에서 승호 씨를 가장 사랑하는 지수가."

지한의 장인도 몹시 충격을 받았다.

'그래 소방관은 위험한 직업이야. 불이 나면 언제라도 투입되기 때문에 다른 사람은 몰라도 내 딸은 안 돼. 이 결혼은 절대로 승낙할 수 없어.'

충격받은 장인은 생각했다. 왜 하필 혼담이 오가던 시기에

이 사건이 터진 것일까? 채린도 지한도 새로운 국면을 맞아 고민스러웠다. 채린 부모님 입장에서 보면 잘 키운 딸을 목숨을 담보로 하는 소방관과 결혼을 시켜야 하나? 우리 딸이 뭐가 아쉬워서? 세상 모든 부모의 입장처럼 소방관의 직업이 훌륭하기는 하지만 내 사위는 아니었다. 지한은 세상에서 제일 사랑하는 그녀를 꼭 잡고 싶었지만 채린의 부모가 결사반대하는데 과연 결혼생활은 행복할 수 있을까? 머릿속이 혼란스러웠다. 마찬가지로 채린도 그랬다.

'부모님의 극심한 반대에 부딪히며 굳이 부모와 등지며 결혼을 고집하는 것이 바람직할까?'

머릿속이 복잡했다. 그러나 이 국면은 그렇게 오래가지는 못했다. 부모의 반대에 혼란스러웠던 채린이 새로운 국면을 전환시켰다. 꽉 막혀있는 국면을 돌파할 수 있는 사람은 채린뿐이라고 생각했다. 채린은 결심했다. 젊은 남녀의 진정한 사랑이 전제된다면 그 무엇도 장애가 될 수 없다고 생각했다. 한 달간 시간을 갖고 다시 만나 결론을 내기로 했던 두 사람임에도 불구하고 3일 만에 약속을 깬 사람은 채린이었다. 3일째 되던 날 저녁, 불쑥 소방서를 찾아와 퇴근하는 지한 앞에 나타난 채린.

"지한 씨! 죽는 날까지 저를 사랑한다는 말 지킬 수 있죠?"

"물론이지."

영문도 모르고 대답하자마자 채린은 소방서 골목길의 행인들도 전혀 의식하지 않고 지한에게 진한 키스를 했다. 소방서 골목길 가로등은 너무 아름다운 한 폭의 그림이 되었다. 새로운 전환점을 확인하는 증인이 되었다. 엉겁결에 벌어진 채린의 행동에 지한은 사뭇 놀랐다. 지한은 채린의 결연한 의지를 보았고, 두 사람은 진정한 사랑을 확인할 수 있었다.

"아무도 우리 사랑을 갈라놓을 수 없어요."

채린의 강경한 결혼 선언에 장인도 결국 두 손을 들고야 말았다.

"신랑 신부 행진!"

사회자의 힘찬 구령과 함께 하객들의 우레와 같은 박수 소리에 식장은 떠나갈 듯했다. 신랑 신부는 해운대에서 신혼 첫날을 보냈다. 밤바다 파도 소리가 철썩철썩 쉬지 않고 밀려왔다. 지한의 옆에는 꿈에 그리던 아름다운 신부 채린이 함께했다. 첫날 밤 채린 얼굴은 붉어질 대로 붉어져 잘 익은 앵두 같았다. 속살은 마치 잘 익은 석류 같았다. 모든 것들이 차올라서 툭툭 터질 것 같은 밤이었다. 지한은 야근할 때마다 밤이 매우 길었다고 생각했었는데 신혼 첫날 밤은 왜 이리 짧은 것인가 하고 탄식했다. 파도 소리에 입맞춤이 오가고, 그러다가 밤하늘 별 같은 사랑의 언어들은 밤새 빛났다. 대화조차 끼어들 시간이 없는 밤이었다. 3년간의 열애 끝에 찾아온 화룡점정의 순간이 신혼부부에게는 꿈만 같았다.

2

 소방학교에 입교했다. 교육의 꽃은 현장에서 피었다. '선배와의 대화' 교육 시간에는 현장의 중요성이 강조되었다. 귀가 닳도록 듣는 불꽃 같은 현장의 이야기는 교육생에게는 언제 들어도 새롭기만 했다. 화재예방도 재난대응도 결국 현장에 답이 있었다.

 지한과 재신은 소방학교에 입교하면서 소방공무원 합격의 기쁨을 함께 했다. 입에서 단내가 났다. 교육생은 누구나 매일매일 체력의 한계를 체감해야만 했다. 실전처럼 사이렌이 울렸다. 소방학교에서 소방관 시험에 통과한 뜨거운 심장들이 모여 신임 소방관 교육을 받았다. 소방차가 사이렌을 울리면 심장이 뛰었던 사람들이 사명감으로 힘든 훈련 과정을 이겨내려고 안간힘을 썼다.

 "하나에 '정신' 둘에 '통일'!"

구령에 맞추어 팔굽혀 펴기를 했다. 이런 건 소방교육이라기보다는 얼차려나 기합, 벌칙에 가까웠으나 체력훈련도 중요한 훈련이기 때문에 참고 또 참았다. 15주 교육은 첫 주 출발부터 고난의 행군이었다. 오전에 진행되는 체력단련 시간은 어릴 때 초등학교 축구선수였던 지한과 재신에게도 고통스럽고 힘겨웠다. 처음 입어보는 방화복은 생각보다 무거웠고 걷기조차 불편했다. 처음 매어본 공기호흡기, 거칠기만 한 로프 등, 모든 것이 낯설었다.

교육생들은 훈련을 받으면서 과연 소방관이 될 수 있을까 의구심이 들었다. 6월의 태양 아래 난생처음 방화복을 착용하고 훈련을 받으면서 땀을 얼마나 흘렸는지 훈련받는 도중 들리는 교관의 호각 소리는 정말 야속하기만 했다. 지한도, 재신도, 교육생들도 각자 살면서 흘릴 수 있는 땀은 그때 모두 흘렸으리라.

10주가 넘으면서 교육생들은 땀을 뻘뻘 흘리면서도 옆에 있는 동기의 초췌한 몰골을 보면서 웃음을 지을 정도가 되었다. 그래도 화재진압 훈련을 받으면서 소방호스를 전개하고 관창을 화점에 대고 방수할 때는 무더위 속에서도 더운 줄 몰랐으니 진정한 새내기 소방관의 모습으로 변해가고 있었다. 화재진압 시에 80kg의 무거운 소방호스를 소방관 두 명이 들고서 진압했기 때문에 체력단련은 매우 중요했다. 소방관의 직업 특성상 지구력과 체력을 많이 요구할 수밖에 없었다. 처음에는 매우 힘들고 포기하고 싶다는 생각이 머릿속을 가득 채우지만 하루하루 훈련하며 점점 더 강해지는 모습을 발견하게 될 때 비로소 진짜 소방관이 되어갔다.

교육생들이 자신들의 미래 소방관 생활을 가늠해 볼 수 있는 '선배와의 대화' 시간이다. 선배 소방관이 경험담을 들려주기도 했다.

"처음 현장에 투입되었을 때가 굉장히 충격이었어요. 물탱크차를 타고 화재현장에 출동했는데, 불길이 어느 정도 잡혀서 현장으로 들어갔었어요. 제가 들어갔던 곳이 단독주택이었는데, 화재 규모도 굉장히 심할 뿐만 아니라 밤이라 아무것도 보이지 않았죠. 그런데 나중에 보니 제가 시신을 밟고 서 있었더라고요. 이게 제가 겪은 첫 번째 트라우마였지요. 화재현장에서의 사망자 발견은 단순한 사건이 아니었죠. 그것은 한 사람의 삶, 그와 인연을 맺고 있는 사람들의 아픔과 슬픔이었죠. 소방관은 그 아픔을 자기 것으로 느꼈고 괴로워합니다. 저는 그 충격과 트라우마를 극복하는 데 오랜 시간이 걸렸습니다."

그들이 미래에 직면한 상황일 수도 있었기에 지한도 재신도 교육생들도 적지 않은 충격을 받았다. 실전과 같은 교육과 훈련만이 현장에서 살길과 방법을 인도한다고 선배 소방관은 말했다. 자신이 경험했던 것 중 좋은 것은 물려주고 나쁘고 힘든 것은 겪지 말았으면 하는 마음에서 이야기하노라고 덧붙였다. 그것은 교육생들의 가슴으로 전달되었다.

교육생들은 건물 4층 높이에서 펼치는 아찔한 레펠(로프 타고 내려오기) 강하와 사다리 설치 훈련이 익숙해져 갔다. 실전 대비 훈련, 어두컴컴한 건물 안, 소방 교육생들이 낮은 자세로 포복했다. 갑자기 치솟아 오르는 불길에 교육생들은 당황하지 않고, 신속하게 발화점을 찾아 물을 내뿜었다. 어느덧 교육생들은 지옥훈련을 거쳐 소방관이 되어가고 있었다.

저녁에는 모두 넋이 나간 듯 눈동자가 풀렸다. 긴장을 내려놓고 너나 할 것 없이 소등 하자마자 코를 골았다. 지한은 군사훈련을 방불케 하는 교육 자체가 힘들어 방황했다. 지한에게는 죽마고우이자 소방관 동료인, 재신의 든든한 지지와 격려가 큰 힘이 되었다. 우정으로 친구 따라 강남 간 재신도 일찍이 소방관의 꿈을 실현한 지한도 멋진 소방관이 되려는 꿈이 현실이 되어가고 있었다. 같은 소방관으로서 죽을 때까지 함께 할 수 있다는 것은 정말 멋진 일이었다. 이 모든 것이 혼자였다면 외롭고 힘들었을 것이라고 지한은 생각했다. 힘들어도 서툴러도 같은 길에서 서로 힘이 되려고 이렇게 함께 교육을 마칠 수 있다니 지한과 재신은 한편으로는 행복한 사람이었다. 이제 연습이 아니라 실전이 기다리고 있었다. 교육생들의 마지막 지옥 훈련이 끝났다. 힘찬 구호가 들려왔다.

"우리는 대한민국 소방공무원이다!"

3

지한은 한남소방서로 발령받았다. 드디어 설렘 속에 첫 출근이었다. 가장 먼저 생각나는 사람은 채린이었다. 지한이 소방관으로서 모습을 갖추기까지 뭉긋하게 기다려주고 정서적인 지지를 해주는 따뜻한 채린이가 고마웠다. 발령받고 처음 몇 주 동안 지한은 밥이 코로 들어갔는지 입으로 들어갔는지 분간도 되지 않을 정도로 정신이 없었다. 그러던 중 지한은 발령을 받은 후 첫 번째 화재사고에 투입되었다. 밤이 깊어 모두가 잠든 시간이었고 매우 고요한 밤이었다. 늦은 밤 대흥동 한 고등학교 옆 주차돼 있던 차량에 화재사고가 발생했다는 신고를 받고 출동했다. 사이렌 울리는 소방차의 굉음과 불빛으로 거리의 차들은 일제히 운행을 멈추었다. 이날 화재는 밤 12시경 발생했다. 화재신고를 받고 소방차 여러 대가 긴급 출동했다. 현장에 도착하니 한 차량에서 초록의 불꽃이 차량을 휘감아 올랐다. 불은 바람을 타고 다른 차량에 옮겨 붙어 차량 연쇄 화재로 이어질 수 있는 상황이었다. 신임 소방관 지한의 가슴은 소방교육을 받을 때와 달리 심장이 빠르게 두근거리고 발걸음이 잘 떨어지지 않았다. 소방학교에서 배운 지식과 훈련에서 얻은 기억은 까마득해졌다. 지한은 호흡을 다시 가다듬었다.

'나는 준비되었다. 수많은 훈련을 받았고 이 순간을 위해 준비했다.'

자신을 진정시키려 했다. 지한이 첫 출동이라 너무 긴장하고 있다는 것을 알아차린 선배 소방관이 그의 어깨를 툭툭 쳤다.

"별일 없을 거야. 건물화재도 아니고 차량화재니깐. 너무 걱정하지마."

격려를 해주었다.

"차량 안에 사람이 있다."

대원의 외침이 들려왔다. 차량화재 상황은 구조대원들이 신속한 진압작전으로 단 10여 분 만에 진화됐다. 이 화재로 승용차 2대가 전소되었으나 더 이상 번지지는 않았다.

'제발 인명피해가 없어야 할 텐데.'

자신도 모르게 기도를 하고 있었다. 불길이 잡히자 구급대원들이 차량 안에 타고 있던 40대 중년 남성을 차량 밖으로 구조했다. 중년 남성은 얼굴과 등, 팔 부위에 2도 화상을 입고 인근 병원 응급실로 옮겨졌다. 자동차 부품회사에 다니는 남성은 최근 생활고와 우울증으로 자신의 처지를 비관해 승용차에서 번개탄을 피워 자살을 시도했는데 차량 내부에 불이 붙자 지나가던 행인이 119신고를 한 것이었다. 꺼질 뻔한 생명을 이렇게 살릴 수 있었다는 사실에 지한은 가슴이 뜨거워졌다. 교육생 수료 전에 동기들과 함께 외쳤던 구호가 귓전에 맴돌았다.

"우리는 대한민국 소방공무원이다."

또 다시 사이렌이 울렸다. 지한은 소방관들과 출동했다. 지하철역 인근 주상복합 건물에서 화재가 발생했다. 다행히도 불은 40분 만에 진압되었다. 화재로 인한 연기를 마신 사람이 나오는 등 부상자가 속출했지만 중상자가 없었다. 그러나 잔불 정리를 위해 1층 분식집에 진입하던 지한은 주방 안쪽에서 잿빛으로 변한 사람의 시신을 발견했다. 그 순간, 시간이 멈춘 듯 전율에 휩싸였다. 시신 옆에는 아마도 생전에 그가 사용했을 요리도구들이 널브러져 있었다. 지한의 머릿속에는 주방에서 불과 씨름하며 요리를 했을 인생이 겹치고 그의 가족들과 마지막 순간까지 죽음의 공포와 절망했을 그가 스쳐 갔다. 지한은 그 사람이 경험했을 통증과 두려움을 상상하면서 고통스런 표정에 눈을 뗄 수 없었다. 심장이 빠르게 뛰기 시작하고, 숨소리가 빨라졌다. 소방관의 의무감으로 시신을 끌고 나왔다. 구급대원들은 구급차에 시신을 싣고 떠났다. 지한에게는 매우 충격적이었다. 선배 소방관이 '선배와의 대화' 시간에 말로만 듣던 트라우마를 내가 그대로 경험하게 되는구나 하고 놀랐다. 트라우마는 지한에게 그대로 전해졌다. 잠들려 할 때마다 방화현장의 시신 모습이 좀처럼 지워지지 않았다.

오후 6시 모든 상황이 종료되었다. 이런 비극에도 거리는 성탄절 이브를 맞이하여 젊은 남녀들로 시끌벅적했다. 거리는 화재의 상황과는 정반대의 모습으로 행복한 시간이 멈춘 듯 보였다. 거리를 수놓은 조명들은 별들처럼 반짝이며 어둠을 쫓아냈다. 길가의 작은 카페들은 따뜻한 불빛과 함께 커피 향기를 내뿜었다. 연인들의 두 눈은 기대와 희망으로 반짝였고 소소한 대화와 웃음소리가 밤 어둠 속으로 퍼져나갔다. 화재사고와는 완전히 대조적인 세계여서 지한은 또 슬픔에 잠

기었다.

 소방서로 돌아와 슬픔에 괴로워할 때 소방서 막내가 지한에게 소포를 전달해 주었다. 소포 위에 씌어진 작고 동글한 예쁜 글자체로 미루어 여자의 필체임에 틀림없었다. 지한이 소포를 열자 편지가 눈에 띄었다.

 '안녕하세요? 유지한 소방관님!
 저희는 지난번 유지한 소방관님께서 빌라 화재 때 구해주신 덕분에 생명을 건진 김라인, 김라희 자매입니다. 그동안 화마에서 겪은 트라우마로 병원에서 입원치료를 받고 있습니다. 점점 좋아지고 있답니다. 은인에 대한 감사 인사가 너무 늦었어요. 이해해 주세요. 불길을 뚫고 누군가 우리를 구해주러 오셨구나 하는 것이 마지막 기억이었습니다. 아, 이렇게 죽는구나 생각했고, 연기 속 호흡은 지옥 그 자체였습니다. 참 두려웠습니다. 점점 숨이 막히고 정신이 오락가락해지고 사경을 헤매고 있을 때 저희들을 구하러 진입하셨던 분이 유지한 소방관님이라는 것을 최근에야 수소문 끝에 알게 되었습니다. 소방관님은 죽는 날까지 우리 자매에게 생명의 은인이십니다. 지옥 같은 화마로부터 광명의 세상으로 인도해 주신 유지한 소방관님께 뭐라고 감사를 해야 할지 잘 모르겠습니다. 어떻게 저희 자매의 감사한 마음을 전할 수 있을까 고민했습니다. 우리 자매는 한 땀 한 땀 손바느질로 불사조를 그려 넣은 손수건을 만들었습니다. 5백 년마다 스스로의 몸을 불태워 그 재 속에서 부활하는 영원불멸의 상징이라죠. 유지한 소방관님은 우리에게 영혼불멸의 상징임을 새겼습니다. 출동하실 때 꼭 주머니에 넣어가셨으면 좋겠습니다. 어떠한 화마에도 불사조가 지켜주시리라 믿습니다. 그것이 우리 자매의 마음이기도 합니다. 우리의 불사조 영웅님! 따스한 겨울 보내시기를 빕니다. 퇴원을 하면 소방서로 찾아가서 인사드리겠습니다. 평생토록 감사한 마음 잊지 않겠습니다. 김라인, 김라희 자매 올림.'

갑자기 지한의 두 눈에서 눈물이 흘렀다. 상가화재 당시 복잡했던 마음이 갈대처럼 흔들리고 있었다. 1년 차 소방관이었을 적에는 몰랐는데 2년 차 소방관이 되면서 최근 일련의 화재현장에서의 심리적 갈등으로 인하여 직업 선택이 옳았는지 회의가 들기도 했었다. 지한은 라인, 라희 자매의 편지를 받고 다시 가슴이 뜨거워짐을 느꼈다. 지한은 다시 초심을 잃지 않기로 다짐했다. 그때 휴대전화가 울렸다. 채린의 반가운 전화였다.

"여보, 나 오늘 병원 갔어요. 당신의 아이를 임신했대요."

흥분된 목소리로 채린은 좋아서 어쩔 줄을 몰랐다. 지한도 좋아서 펄쩍펄쩍 뛰었다. 얼마 전 지한의 어머니는 지난 밤 꿈에 바다에서 용이 솟아오르는 꿈을 꾸셨다며 혹시 아기 소식이 없느냐고 물으셨다. 지한은 아이의 이름을 우선 가명으로 나마 어머니의 꿈 해몽을 따라 '해룡'으로 지어야겠다고 마음먹었다. 별명은 '아기불꽃'으로 지어야겠다고 생각했다.

"아기불꽃아!, 건강하게 태어나렴."

4

한편 도재신은 한서소방서로 발령받았다. 그 무렵 재신에게는 최악의 시나리오가 기다리고 있었다. 소방서 종무식을 마친 12월 31일, 사람들이 송년의 분위기로 들떠있던 날 오후 4시 비극적인 화재가 발생했다. 대학가 7층 건물 2층 '24시간 사우나'에서 불이 났다는 화재신고에 재신은 여느 때와 같이 동료들과 함께 출동했다. 실제 불은 천장 내부의 가연성 단열재를 태우면서 1층 천장 내부 전체로까지 큰 불로 번졌다. 겉으로는 드러나지 않았지만 천장의 열기로 1층 주차장의 차량은 계속 불길이 옮겨 붙으면서 주차장 차량들이 연쇄 폭발했고 주차장 전체로 화재가 확산되었다. 주차장에서 화재가 시작돼 순식간에 7층 건물 전체를 뒤덮었다. 재신과 소방대원들이 투입됐지만 불이 빠르게 번지면서 진화에 어려움을 겪었다. 처음 출동한 사다리차는 불법주차 차량들에 의해 공간이 확보되지 않아 주차 차량들을 정리해야 했다. 이후에도 사다리차의 수평을 맞추기 위해 여기저기 이동했고 짙은 연기가 몰려와 구조가 계속 지연되었다. 또한 건물 상층부가 피라미드를 흉내 내서 만든 경사진 구조라서 사다리차가 접근하기 힘들었다. 진입로 또한 협소한 데다 불법 주정차 된 차량들로 인해 소방차 진입이 지연되었다. 사우나 손님들 중 일부는 비상구로 탈출했으나, 일부는 출입문이 잠겨 있었기 때문에 갈팡질팡하고 있는 심각한 상황이었다. 진화작업 중 펑펑 터지는 소리가 들렸고, 불길이 매우 거셌다. 2층 남성 사우나에는 20여 명이 사우나 중이었다. 일부는 휴게실서 잠을 자고 있었다. 사우나의 구조를 잘 알고 있었던 남자 사우나의 이발사가 손님들을 대피시켰다. 7층 헬스클럽에서는 헬스클럽의 대표가 10여 명의 손님들을 대피시키고 본인은 7층 베란다 난간에서 같이 있던 시민 2명과 함께 민간 사다리차를 타고 구조되었다. 게다가 대피하라고 통보했던 건물주가 남성인지라 여탕에 들어갈 수 없는 상황이었다. 결국 밖에서

만 확성기로 소리쳤다.

"대피하세요. 대피하세요."

하지만 3층 여자사우나에 목욕 중이던 여자들은 출입구 화염이 크게 번지면서 미쳐 빠져나오지 못 했다. 119상황실로 구조의 목소리가 빗발쳤다.

"불났어요. 불. 불."

"어디예요?"

"빨리 와요. 불났어요. 빨리 와~ 찜질방~."

"대피하세요. 빨리 대피하세요."

"대피할 데가 없다고. 빨리요. 빨리. 왔어요? 빨리요. 빨리."

"예 출동하고 있어요."

"빨리요. 빨리 빨리. 왔어 왔어? 빨리. 사람 죽네. 죽어. 빨리."

"몇 층이에요? 몇 층?, 몇 명 있어요?"

"2층 몰라. 빨리. 빨리. 10명 정도, 왔어? 안 왔어? 빨리요. 빨리."

"여탕은 몇 층에 있어요. 지금?"

"3층. 3층. 3층. 빨리. 빨리. 구해줘. 빨리. 구해줘. 빨리."

"빨리 빨리. 숨 못 쉬어. 우리 죽어. 빨리. 제발 살려줘."

"알겠습니다. 곧 구조될 거예요."

상황실과 통화가 시작된 지 30분이 지나고 있었다. 그것이 마지막 구조요청이었다. 이미 골든타임이 지나가고 있었다. 구조현장의 재신은 고참대원 두 명과 함께 팀장으로부터 2층 유리창을 깨고 진입하라는 무전을 받았다. 하지만 2층 베란다에 화염에 쌓인 LPG통이 있어 접근 자체가 불가능했다. 폭발을 방지하기 위하여 물을 뿌리는 것이 먼저라고 생각했다. 실제 해당 가스통에 불길이 닿고 있었다. 강한 화염과 연기가 바람을 타고 2층 사우나를 에워싸고 있어서 진입은 사실상 불가능했다. 계속 물을 뿌려 진입할 수 있는 상황을 만들려고 노력했다. 갑자기 바람의 방향이 바뀌었고 재신과 고참 대원 둘은 베란다로 진입하여 3층 유리창을 깨고 진입을 시도했다. 사고 발생 50분 만이었다. 검은 연기 속에서 10여 명의 여자들이 서로 칡넝쿨처럼 엉겨있었다. 처참한 광경이었다. 정신없이 두 대원은 벌거벗은 여성들을 들쳐업고 번갈아 가며 1층으로 끌어 내렸다. 여성들은 대기하고 있던 구급차에 실려 갔다. 구급차로 이동하면서 심폐소생술이 계속 되었지만 여성들은 너무 연기를 많이 마신 상태였다. 이 중 5명은 이미 숨이 정지된 상황이었다. 구급대원들은 그래도 구급차에서 한 명이라도 소생시키기 위해 구슬땀을 흘렸다. 여자 사우나는 연기가 잘 배출되지 않았고 통유리로 돼 있어 외부와 차단돼 있었기 때문이었다. 뿐만 아니라 비상구는 목욕 바구니를 놓는 철제 선반으로 가려져 있었기 때문에 대피 자체가 어려워 피해를 키웠다. 암담하고 참담한 일이었다. 불가항력적이라는 말밖에 할 말이 없었다. 하지만 언론이나 주위의 시선은 냉혹했다. 생사를 넘나들며 구조활동을 펼쳤으나 한서소방서 구조팀장도 재신과 선배소방관 두 명도 책임에서 벗어날 수 없는 상황이었다.

화재 종료 후, 소방합동조사단이 현장조사에 착수했다.

"신속한 초동대응과 적정한 상황판단으로 화재진입과 인명구조에 최선을 다해 지휘해야 하는 지휘관들이 상황 수집과 전달에 소홀했는지 철저히 조사하겠다."

조사단은 밝혔다.

"일부 대원은 2층 유리창을 깨고 인명구조 요청을 지시받고도 즉각 반응하지 않은 것에 대해서도 조사하여 소상하게 밝히겠다."

그 후 소방합동조사단은 최종적으로 조사 결과를 발표하면서 소방본부 상황실장, 한서소방서장, 지휘조사팀장과 2층 여자 사우나 유리창을 깨고 즉시 진입하라는 명령을 받고도 진입이 늦어진 점에 대한 중징계를 요구했다. 유족들은 서울소방본부에 촉구서를 보내 요청했다.

"소방징계위원회는 부디 유가족의 마음을 십분 헤아려 중징계를 통해 비록 소방관이더라도 참사에 책임이 있다면 상응하는 불이익을 받을 수 있다는 것을 보여 달라."

사건은 서울소방청도 이러한 유족의 요구도 반영하지 않을 수 없는 상황으로 전개되었다. 결국 화재 대응의 부적정 책임을 물어 구조팀장, 도재신 외 2명의 소방관에게 2층 진입이 늦어지면서 여러 명의 인명피해가 컸다는 이유로 정직 3개월 중징계 처분을 내렸다. 그날 이후 재신은 화재사고의 트라우마에 시달렸다. 앉으나 서나 재신을 향해 벌거벗은 여성들이 살려달라는 악몽에 시달렸다. 재신은 자신 때문에 여러 명의 여자들이 죽었다는 죄책감에 시달렸다. 물론 소방관으로서 최선을 다했다고 생각했지만 그럼에도 중징계를 받은 불명예 때문에도 괴로웠다. 불면과 악몽에 시달렸다. 충격으로 정신과 치료를 받았다. 수면제와 신경안정제 없이는 도무지 잠을 이룰 수 없었다. 한편으로는 징계처분을 받은 재신과 구조대원들은 불명예를 씻기 위하여 서울행정법원에 중징계 처분 취소소송을 냈다. 명예를 회복해야 치유의 길도 열리지 않을까 하는 심정이었다.

5

삼 개월의 시간이 흘렀다. 도재신은 현장으로 다시 복귀했다. 아직 겨울이지만 봄기운이 완연한 오후였다. 한서소방서로부터 지한에게 급히 마포대교로 오라는 전화가 왔다. 그의 절친, 도재신 소방관이 자살소동을 벌인다는 것이었다. 현장에 지한이 도착했을 때 이미 그곳은 아수라장이었다. 정신적인 치유가 되지 않고 출근했던 그의 죽마고우, 소방관 도재신이 대교 난간에서 자살소동을 벌이고 있었다. 지한은 눈앞이 캄캄했다. 일반인도 아니고 소방관, 도재신이 대교 난간에서 자살소동을 벌이고 있다니 처음에는 믿어지지 않았다. 지한은 친구가 그 정도 깊은 정신적인 상처를 받았는데 살펴주지 못한 자신을 자책했다. 재신에게 목욕탕 화재사건 이후의 삶은 완전히 무너져 내렸다. 정신적인 고통이 그를 24시간 따라다녔다. 여성들이 저세상을 가면서 마지막으로 구해달라고 애원했던 애절한 눈빛들 생각에 잠을 이룰 수 없었다. 전형적인 소방관의 직업병이었다. 귀에서는 환청이 들리고 마음의 평형을 유지할 수 없는 불안이 끝없이 그를 괴롭혔다. 어디서 무엇이 잘못되었는지 날마다 시간을 역순으로 뒤집어 보았다. 여성 시신을 구급차로 옮기던 순간이 뇌리를 떠나지 않았다. 어떻게 이 지경이 된 것일까. 재신은 생각했다.

'인생이 뭘까? 나는 죄인인가? 죽은 사람들은 이미 자기가 죽은 것을 알기는 할까? 살아있는 나는 과연 행복한 걸까'

꼬리에 꼬리를 무는 생각으로 재신은 불완전 소방관이었다. 재신은 동료들에게 고백했다.

머리가 마치 스펀지처럼 커져 있는 것 같고 높은 곳에서 뛰어내리고 싶기도 했다. 물을 보면 뛰어들고 싶고 달리는 차를 보면 달려들고 싶었다. 사는 게 꿈인지 생시인지 구분이 되지 않았다. 불이 없는 세상에서 잠을 푹 자고 싶었다. 119구조대는 재신과 대화를 시도하며 구조하려 안간힘을 썼다.

"도재신 소방관! 잠시만 얘기해요."

구조대원이 대화를 시도하는데도 재신은 대꾸하지 않았다.

"나를 말리지 마세요. 난 뛰어내릴 겁니다."

마포대교에 차량 진입이 차단되고 어느새 어둠이 내리고 가로등이 하나 둘 켜졌다. 네온사인은 반짝였고 불빛은 서울의 야경을 만들고 있었다.

"난 불쌍한 죄인이고 저 불빛들은 내 죄를 밝히고 있어. 난 죽어야 해."

재신은 계속해서 중얼거렸다. 한쪽에서는 대화를 시도하고 반대쪽에서는 구조를 시도하고 있었다. 아슬아슬 1초가 정말

10년 같았다. 유지한과 도재신은 누구인가. 생사고락을 같이 하기로 한 죽마고우 아닌가? 응급상황에서 한서소방서 구조대에 합류한 지한이 난간 아래에서 재신에게 소리쳤다.

"재신아, 나야! 지한이야! 내 목소리 들려? 미안해 그동안 너를 너무 못 챙겼어. 내 잘못이야, 용서해. 조금만 참자, 잘 될 거야. 죽을 때까지 같이 하기로 한 거 잊지 않았지? 그동안 내가 힘들 때 네가 날 잡아 주었잖아. 지금부터 내가 너를 지킬게. 재신아, 네가 내게 말했잖아. 무슨 일이 있어도 포기하지 말자고. 기억나? 재신아? 재신아, 재신아."

지한이 재신을 설득하고 있는 동안 한서소방서 특수 구조대원이 철교 뒤편으로 접근해 재신을 덮치는데 성공했다. 구조에 성공하자 구조대원도 구급대원도 안도했다. 피 말리는 3시간 만의 구조였다. 계절은 봄을 향하고 있었으나 겨울바람이 대교 난간 위로 불었다. 대기중이던 구급차를 타고 재신은 병원으로 실려 갔다. 지한은 그동안 재신을 너무 살피지 못한 죄책감으로 한동안 다리 위를 떠나지 못하고 있었다. 일반인도 아니고 그의 소방관 친구 재신이 구조의 대상이 될 줄이야. 소중하지 않은 생명은 이 세상에 하나도 없다. 하나뿐인 생명을 구조하는 직업을 소명으로 여기는 소방관 지한에게는 오늘 하루해가 너무 길었다. 오늘이 마지막인 것처럼 세상을 사랑하고 한 사람의 생명이라도 헛되지 않도록 헌신하리라 지한은 다짐했다. 그것이 존재 이유이기도 했다. 원하든 원치 않든 세월은 흐르고 그리운 사람은 하나 둘 사라지게 되어 있다. 다만 헛되이 생명을 잃지 않도록 헌신하며 살아야겠다고 지한은 다짐하며 현장을 빠져나와 집으로 향했다.

  도재신은 정신병원 응급실에 실려 갔다. 병원에서 재신은 처음부터 의사, 간호사에게 마음을 열지 않아 의료진이 치료에 어려움을 겪었다. 마음이 완전히 닫혀 있었다. 극도의 불안이 재신의 마음을 자물쇠로 채웠다. 1주일 지난 후에야 간호사의 설문에 응했을 정도로 마음을 닫았다. 재신의 가족들도 너무 놀랐다. 가족들은 면회 시간만 기다렸다. 면회는 아침 10시 오후 5시 두 차례만 가능했다. 늠름했던 아들, 자랑스럽던 소방관 재신이 자살소동이라니 모두에게 충격이었다. 그래도 뭐니 뭐니 해도 가장 마음이 복잡한 당사자는 도재신이었다. 천사처럼 착하고 반듯했던 재신은 집에서는 효자 아들이었고 소방서 내에서는 예의 바른 모범소방관이었다. 그랬기에 그를 아는 지인들이 놀랐다. 가장 놀란 사람은 그의 죽마고우 지한이었다. 지한은 반차를 내고 정신병원에 재신을 면회하러 갔다. 면회실로 나온 재신은 애써 지한의 눈길을 피했다. 둘은 아무 말도 하지 않았다. 지한은 가만히 재신의 손을 잡았다.

처음에는 손을 빼려 했다. 그럼에도 지한은 계속 재신의 손을 놓지 않았다. 그러자 재신도 더 이상 손을 빼지는 않았다. 몇 분이 흘렀을까? 지한은 말없이 재신을 끌어안았다. 아무 말 없이 그렇게 무거운 침묵이 흘렀다. 마음이 녹은 것일까? 재신의 눈에서 흐른 눈물이 지한의 어깨 위로 떨어졌다. 한동안 두 소방관은 말없이 그대로 있었다. 말이 필요 없었다. 서로의 마음을 들여다보는 그런 벗들이었기에 그랬다. 이젠 됐다 싶은 순간 누구랄 것도 없이 서로의 얼굴을 마주 보며 들꽃 같은 평안한 미소를 지었다. 차분하고 겸손하게 두 사람은 서로의 마음을 다독이며 위로하고 있었다. 불가능해 보였던 상황이 반전되면서 재신은 마음을 열고 있었다. 두 사람은 벗으로서, 소방관 동료로서 인연의 소중함이 더욱 깊어졌다.

그로부터 재신의 회복은 매우 급속도로 진전되었다. 하늘이 감동한 덕분일까? 봄빛이 다시 따사롭게 비추던 날 재신은 퇴원했다.

한서소방서 소방관들에 대한 서울행정법원의 판결일이었다. 지한도 연차휴가를 내고 서울행정법원으로 갔다. 법정에는 도재신과 소방관들이 변호인들과 법정에 출석했다. 소방관 정복을 입은 재신과 동료들은 긴장감이 역력했지만 재신은 지한과 눈빛 인사를 나누었다. 드디어 판사가 부심들을 대동하고 입장했다.

"일동 기립, 인사!"

법정 관리인이 구호를 외치자 다 같이 인사를 했다. 법정 분위기가 엄숙했다.

'지금부터 한서소방서 구조팀장, 도재신 소방관 외 2명에 대한 징계처분 취소소송 판결을 하겠습니다. 사고 당일 한서소방서 소방관들이 화재현장에 도착했을 때 불법주차 차량 때문에 굴절사다리차의 화재현장 골목으로의 진입이 불가능하였다는 것을 추가 증인의 진술로 확인했습니다. 소방관들이 화재현장에 도착하였을 때에는 이미 화재 장소의 창문에서 농연이 분출되고 있었습니다. 도재신 등 2명의 소방관이 3층 여자 사우나에 도착하였을 때 베란다에는 화염에 싸인 LPG통이 있어 접근 자체가 불가능했다고 사료됩니다. 상식적 판단을 하더라도 가스통에 불길이 번지는 상황에서 폭발을 방지하기 위하여 물을 뿌리는 것이 더 큰 화재로 번지는 것을 막는 것입니다. 화재 상황에 따른 판단에 의하여 도재신 등 소방관들의 과실이라고 보기 어렵습니다. 소방관들이 3층에 진입한 후 사우나에 쓰러진 여성들의 생존을 위해 신속하게 구급차로 옮기는 과정에서 무선 명령을 들을 수 없었던 긴

박한 상황 등을 종합해 볼 때 도재신 등 소방관들의 과실이 있다고 보기 어렵습니다. 또한 징계사유서에 기재한 대로 소방공무원들의 고의나 과실을 입증할 만한 증거가 없었습니다. 진압을 지휘한 현장의 구조팀장이 명시적으로 무전을 수없이 했더라도 현장의 상황은 명령 불이행 등을 적극적으로 의심할 근거도 없었습니다. 따라서 구조팀장, 도재신 외 2명의 소방관에 대한 중징계 처분은 피고측의 주장대로 취소함이 마땅하다고 판결하는 바입니다.'

　부장판사가 판결문을 낭독하자 방청객들의 큰 환호성이 터져 나왔다. 도재신이 원고인석에서 일어났다. 부장판사에게 목례의 감사인사를 했다. 부장판사 일행이 퇴장하자 징계처분을 받은 구조팀장, 도재신과 소방관들은 방청객을 향하여 거수경례를 했다. 방청객들이 일제히 기립하여 격려의 박수를 보냈다. 지한은 달려가 도재신을 얼싸 안았다. 도재신의 눈에서도 유지한의 눈에서도 뜨거운 눈물이 흘러내렸다.

6

　지한도 신참에서 벗어나 어느덧 5년 차 중견 소방관이 되었다. 채린은 아들을 낳았고, 둘째는 딸이었다. 어느새 지한도 어엿한 두 아이의 아빠가 되었다. 의정부시로 전보 발령을 받은 지 1년 정도 지난 겨울철에는 유난히도 화재사고가 많았다. 그날도 사이렌이 울리자 지한은 무의식적으로 창밖을 바라보았다. 멀리서 한 무더기의 검은 연기가 하늘로 솟는 것을 보고 큰 화재임을 직감했다. 소방차를 타고 대원들과 출동한 곳은 8층 연립주택이었다. 저층부에서 발화한 화재임을 인식하고 지한은 순식간에 상층부로 연기가 몰려올 것으로 예측했다. 일단 인명피해를 막아야 했다. 집집을 두드려 주민들을 옥상으로 대피시켰다. 옥상 위에서도 난간 쪽은 화염이 올라올 경우 화상을 입을 수 있으므로 자세를 낮추고, 한쪽으로 모여 있도록 안내했다. 그때 한 아주머니가 지한에게 달려왔다.

"702호에 사는데 우리 딸이 집안에 자고 있어요"

방호복 소매자락을 붙들며 애원했다. 지한은 위험의 순간임을 직감했지만 두 아이를 가진 아빠였기에 부모의 심정을 더 잘 알고 있었다. 지한은 위험을 무릅쓰고 702호로 진입했다. 화염이 거실까지 번져있었고 짙은 연기로 시야가 확보되지 않은 상황이었다. 살려달라는 애절한 목소리가 건넌방에서 들려왔다. 연기 속에서도 이불을 뒤집어쓰고 있는 여중생을 발견하고 지한이 다가서려는 순간, 거실 화장대에 있던 스프레이들이 굉음과 함께 폭발하면서 불길과 연기가 건넌방으로 몰려 퇴로를 차단했다. 불길과 연기로 질식할 수도 있는 상황이었다. 지한이 연기를 연거푸 마셨고 머리가 핑 돌았다. 방 안의 열기는 숨 막힐 정도로 뜨거워졌고, 뜨거운 열기가 지한을 덮쳤다. 그는 이마에 땀방울이 맺히고, 불에서 뿜어져 나오는 먼지와 재와 섞이며, 눈 속으로 흘러내리는 것을 느낄 수 있었다. 여중생도 살리고 지한도 살아야 하는 절박한 상황. 지한은 채린과 두 아이의 모습이 먼저 머리를 스쳤다. 정신을 고도로 집중시켜야 한다는 사실. 그리고 살아 나가야 한다는 집념. 다시 그의 가슴이 쿵쾅쿵쾅 뛰며 두근거렸다. 무섭고 두려운 생각이 밀려왔으나 하늘에 운명 건 생명과의 한판 승부였다.

소방학교 신임 교육과정을 받을 때 '선배와의 현장 사례 교육'에서 강의를 들었던 홍은동 화재사건이 불현듯 떠올랐다. 교육이 시작되자 선배가 갑자기 웃옷을 벗었었다. 여성 신임들도 있는데 교육생들이 눈이 휘둥그레졌었다. 교육생들은 두 번 놀랐다. 첫 번째는 어깨에 드리워진 엄청난 화상 흔적에 놀랐다.

"먼저 들어가서 나중에 나온다."

 화상 흉터 위에 새긴 문신에 또 놀랐다. 이 의미는 소방관의 임무와 사명에 대한 가르침이었다. 동료를 떠나보내며 소방관 하지마라 말했지만 '생명 구조에 대한 사명감이 저런 깨달음이구나' 하고 소름이 돋았다.

"가장 먼저 들어가서 나중에 나온다."

 소방관 철학에 감동하며 지한도 그런 소방관이 될 수 있을까? 반문했던 기억이 났다. 선배는 홍은동 화재사건에 출동했을 때, 역류하는 불길에 휩싸여 전신 35%에 3도 화상을 입은 소방관이었다. 당시 주택 화재로 소방관 6명이 한꺼번에 순직한 끔찍한 화재사고였다. 지옥의 불길 속에서 살아남은 소방관들의 트라우마는 거기서 멈추지 않았다. 사고가 나던 그날 비번이었던 선배는 비상연락을 받았다고 했다. 무너진 건물 더미에 동료가 매몰돼 있다는 연락이었다. 그 유명한 홍제동 주택 화재현장. 아들이 안에 있어 빨리 구해달라는 집주인 아주머니의 간절한 외침에 곧바로 소방대원들은 불길 속으로 거침없이 뛰어들었다. 소방대원들이 뜨거운 열기와 유독가스 속에서 불길을 잡으면서 집안을 수색했지만, 집주인 아들은 보이지 않았다. 시간이 흐르면서 위기감이 돌았다. 위험한 소방대원들은 건물 밖으로 나올 수밖에 없었다. 아들을 구조해달라고 간절하게 요청하는 어머니의 모습에 대원들은 주저 없이 다시 건물 안으로 뛰어들었다. 그리고 소방대원들이 지하로 내려가는 중에 건물이 무너져 내렸다. 총 7명의 대원들이 매몰됐고 그때 6명이 사망했다. 선배는 당시 기억을 떠올렸다.

"제가 근무하면서 출동을 상당히 많이 다녔는데, 내 동료가 매몰돼 있어서 구하러 가야 한다는 생각을 할 때는, 생각이 참으로 많이 복잡해집니다. 그때부터 계속 떨림이 오고, 제발 아무 일 없길 바라면서 현장에 갔었죠."

그날 호출을 받고 출동한 현장, 도로는 불법주차 차량으로 꽉 막힌 상황. 20kg이 넘는 구조장비를 들고 현장으로 뛰어가야만 했다. 이날 홍제동 사고현장에는 250명이 넘는 소방관이 출동했는데 설상가상 눈까지 내리는 상황. 출동한 소방관들의 사투 끝에 매몰된 동료 7명을 구조했지만, 연이어 동료들이 사망했다는 소식에 망연자실했다. 선배는 목이 메여 말을 잇지 못했다. 소방관의 생명을 앗아간 화재 원인은 집주인 아들의 방화 때문이었다고 말해서 교육생들은 한 번 더 놀랐다. 건물에서 대피하지 못했던 것이 아니라, 애초에 불을 지르고 현장을 떠났었다고 했다. 선배는 자연발화나 부주의도 아닌 집주인 아들이 방화를 저질렀다는 이야기를 듣고 '이러려고 소방관이 됐나'라는 회의가 들었다고 말했다. 선배는 두 눈이 충혈되었지만 계속 교육을 이어갔다.

 소방관들은 소방 활동 현장에서 동료들의 순직과 외상을 보면서 죄책감을 느끼게 된다고 했다. 심리학에서도 '생존자 죄책감'이라 표현한다고 하며 심리학자는 외상사건이 일어나는 동안 했던 행동이나, 하지 않았던 행동 때문에 다른 사람들이 다치거나 죽고, 외상을 입지 않도록 막을 수 있었는데 막지 못했을 경우 '생존자 죄책감'이라 했다. 선배는 지금까지 한시도 그날을 잊어본 적이 없다. 그리고 구해주지 못해서 죽음과 맞서면서도 한 생명이라도 더 구하지 못한 무력감과 죄책감의 증상으로 스트레스를 겪고 있다. 감동을 받았던 기억이 절체절명의 순간에 생생히 떠올랐다.

 지한은 지금이야말로 생사의 기로에 직면한 상황이라고 판단했다. 과거의 화재, 특히 신임 초기 여러 충격적인 사건에 대한 기억들이 주마등처럼 스쳤다. 그는 화상의 타는 듯한 고통과 숨막히는 연기, 그리고 죽음이 한 치 앞도 내다볼 수 없다는 오싹한 깨달음을 떠올렸다. 불길이 가까이 춤을 추자 타오르는 장작의 날카로운 소리가 방안을 가득 메웠다. 멀리서 들려오는 경적과 사이렌 소리가 들려왔다. 아직 살아있는 것이 분명했다. 계단이 화마에 휩싸인 상황, 탈출을 확보하는 것이 관건이었다. 화마의 진격에 갇혀 막막한 순간에 하늘에서 지한에게 메시지가 들려왔다.

"숨 쉬어, 집중해, 행동해."

그는 숨을 깊이 들이마시면서 오로지 겁에 질린 여중생과 본인을 위해 탈출로를 만들어야 했다. 마음을 가다듬고 침착해. 침착해. 스스로에게 외쳤다.

몇 분만 지체하면 지한도, 여중생도 숨을 쉬지 못하는 임계점에 도달하겠구나 하고 생각했다. 지한은 계단으로 내려가면 틀림없이 불길과 연기로 질식해서 큰 변을 당하리라 판단했다. 이미 불과 연기는 계단 통로를 장악한 상태였다. 악몽 같은 섬광들을 제쳐두고, 그는 방 안을 살펴서 도움이 될 만한 것이 있는지를 살폈다. 그는 두꺼운 커튼 막대를 발견했다. 막대를 이용하여 창문을 부수고 도움을 요청하는 신호를 보내고 구조를 요청할 수 있지 않을까? 아니야 모두 진화에 정신이 없는데 구조요청보다는 직접 탈출로를 확보해야 해. 결심을 하고나자 바로 실행에 옮겼다. 건물 구조상 옆집도 연립주택임에 착안한 지한은 문짝을 부수어 옆 연립주택으로 연결하여 탈출하기로 결심했다. 먼저 커튼 막대로 창문을 부수고 나서 장롱 문짝을 발로 차서 부수었다. 다행히 옆집 건물의 창문도 높이가 같았다. 건너편 연립주택의 창문을 막대로 부수고 장롱 문짝을 걸쳤다. 집중해. 집중해. 스스로에게 체면을 걸며 아이를 먼저 올려 보냈다. 건너편 건물에 소방관들이 다가와 웅성거리를 소리를 들은 것 같았다. 그것이 마지막 기억이었다. 그리고 지한의 기억은 거기까지가 전부였다. 그 뒤로는 기억이 나지 않았다. 연기를 너무 많이 마셨구나 라는 것이 그의 마지막 생각이었다.

시간이 얼마나 흘렀을까? 웅성거림에 지한은 두 눈을 떴다. 누군가 말을 걸어왔다. 자세히 보니 시장이었다.

"유지한 소방관님! 정신이 드세요? 현재 몸은 좀 어떠세요? 지한 소방관님 당신은 우리 시의 진정한 영웅이십니다. 주민들 10명을 대피시키셨구요. 불길 속에 갇힌 여중생까지 살려내셨습니다."

"소방관님 너무 감사합니다, 이 은혜를 어찌 값죠?"

딸을 살려달라며 애원했던 아주머니였다. 그 뒤에 서 있던 채린이 말했다.

"여보, 이렇게 두 눈을 떠줘서 너무 감사해요."

지한은 채린의 손을 꼭 쥐었다. 꿈인가 생시인가 분간이 되지 않았다. 돌아보니 주변에는 팀장도 동료들도 보였다.

"팀장님, 다들 무사하신가요?"

"유지한 소방관이 깨어나 줘서 정말 다행이야. 자네와 몇 명이 화상을 입긴 했는데 생명이 위험한 사람은 없어 다행이야. 이제 자네만 쾌유하면 돼."

시장은 구조팀장의 말이 끝나기를 기다렸다는 듯이 말을 잇는다.

"정말 큰일 날 뻔 했습니다. 아주 크게 다친 시민도 없고, 소방관들도 없어요. 이번에 다시 한번 우리 시의 진정한 영웅들을 제 눈으로 확인했습니다. 우리 시민들의 건의로 유지한 소방관께 '불꽃영웅상'을 드리기로 했습니다."

"아닙니다. 영웅은 제가 아닙니다. 소방대원 전체입니다.

화재 진압은 혼자 하는 것이 아니라 동료와 함께 하는 것입니다. 불을 두려워해서는 소방관이 될 수 없다는 것을 새삼 느낍니다. 한 사람의 생명이라도 더 구하는 것이 우리들의 할 일이니까요."

병실의 모든 사람이 동시에 숙연해졌다. 시장과 사람들이 영웅소방관을 존경스럽게 바라보았다. 지한은 사람들 속에 있는 채린을 쳐다보며 미소를 지었다. 따스한 봄 햇살이 병실을 가득 채우고 있었다.

— 국립소방청 제5회 119문화상 은상 2023년.

천 지 상 담 소
ㅊㅓㄴㅈㅣ ㅅㅏㅇㄷㅏㅁㅅㅗ

사람 믿음은 다르지만, 사람 사랑은 하나

천지상담소

 현미의 친구 미숙은 잠자다 세상을 떠났다. 그녀의 나이 쉰다섯. 그녀는 누구보다도 건강했던 직장여성이었다. 어떤 사전 예고나 징후도 없이 갑자기 사라져 저승의 별이 되고 말았다. 죽음 하나만 놓고 평가하자면 만점짜리 성적표였다. 어떤 단서도 남기지 않았고 평화롭고 고통조차 없는 자연사였다. 그렇기 때문에 주변의 사람들에게 충격적인 슬픔과 혼동의 카오스를 경험하게 만들었다.
 가장 절친이었던 현미의 충격은 말로 표현할 수 없었다. 너무나도 충격을 받은 나머지 장례식 이후에 삼일 내내 아무것도 먹지 못했다. 그냥 침대에서 식물인간처럼 산송장처럼 불을 끄고 누워만 있었다. 미숙은 어릴 적부터 현미의 삶에 활기를 불어넣는 불꽃이었고 생명의 동반자라고 생각해 왔다. 미숙의 죽음을 받아들일 수 없었다. 부조리한 죽음이었다. 현미의 인생에서 갑작스런 미숙의 죽음은 삶의 블랙홀과도 같았다. 현미의 모든 생각은 죽음에 매몰되어 버렸다. 우주는 죽음을 중심으로 도는 태양계와 같았다. 미숙의 죽음이 현미의 삶과 어떠한 상관관계가 있는지 몰입하고 또 몰입했다. 그러나 미숙이 죽은 이후에 세상은 아무것도 달라진 것이 없었다. '미숙의 돌연사'에도 불구하고 아무 일 없이 세상은 돌고 있었다. 현미는 지구상에 홀로 남은 외톨이였다. 한 치 앞도 내다볼 수 없는 세상, 내일을 논할 수 없는 존재, 다만 이 순간만이 진실이라는 것이 믿기조차 싫었고 또 힘들었다. 삶이 덧없고 별 재미가 없었다.

현미는 그녀의 평생 일터이자 희망의 안식처였던 대학병원 상담실에 사표를 제출했다. 55세의 현미는 정년을 5년 앞두고 명퇴했다. 심리상담사로 수십 년을 병원에서 보내며 환자들의 정신을 위로하고 배려하던 공간을 떠난 것이다.

홀로 사는 종로의 아파트 창가에서 현미는 분주한 도시를 바라보았다. 바깥세상은 그녀의 고통과 무관하게 돌아가고 있었다. 유리창에 비친 그녀의 모습은 불쌍한 여자 마귀의 몰골이었다. 며칠을 씻지도 않았고 화장도 하지 않았다. 슬픔으로 흐릿한 눈, 보이지 않는 무게로 축 처진 어깨, 흐트러진 머릿결. 수많은 삶에 감동을 주었던 활기차고 공감이 깊었던 심리상담사의 심상은 이제 어디에도 없었다. 미숙의 죽음은 현미에게서 소중한 동반자를 빼앗았을 뿐만 아니라, 살고자 하는 의지마저 꺾어버렸다.

그러던 어느 날 그녀는 뒤척이다가 잠이 들었는데 갑자기 부드러운 빛이 방을 가득 채웠다. 그리고 현미는 흙과 소나무 냄새가 짙게 풍기는 안개 낀 숲속에 서 있는 자신을 발견했다.

"현미야!"

익숙한 목소리가 그를 불렀다. 그녀는 가슴을 두근거리며 돌아섰고, 그곳에는 미숙이 서 있었다. 그녀는 생전의 모습처럼 활기차고 생기가 넘쳤다.

"미숙아! 어떻게 여기 나타난 거야?"

말을 더듬는 현미의 눈에는 눈물이 고였다. 미숙은 부드럽게 웃었다.

"나는 널 도우러 왔어, 현미야. 너에게 소중한 비밀을 알려주러 온 거야. 내가 하늘나라에서 불로장생의 비방을 알아냈거든."

현미의 심장이 뛰었다. 미숙이 하늘나라에서 도인을 만나 불로초의 비밀을 알았다며 꿈속에 나타난 것이었다.

"현미야, 잘 들어. 세상의 비방으로 내려오는 전설적인 약초 10가지가 있는데 각각의 기적적인 특성을 갖고 있어. 이 약초들의 성분을 함께 섞어야만 영생하는 불노환이 되는 거야. 그런데 이 열 가지 약제가 모두 순서대로 합쳐져야 비로소 효력이 생긴단다. 잘 들어 현미야."

현미의 눈동자가 반짝거렸다.

"첫 번째 불로초는 히말라야의 '눈연꽃'이야. 가장 혹독한 조건에서도 꽃을 피우는 회복력을 상징해. 세포와 조직을 재생하여 몸에 활력을 불어넣을 수 있거든."

현미의 눈이 커졌다. 미숙이 말을 이었다.

"그리고 두 번째는? 아마존 열대 우림의 하트바인. 덩굴이 숲의 심장 박동으로 맥동하여 모든 질병을 치료하고 심장을 강화해 줘."

현미는 미숙의 말을 받아 적었다.

"세 번째는?"

"시베리아에서 온 황금뿌리. 동토의 깊은 곳에 묻혀 있으며 활력을 높여주는 효능이 있어. 체력과 지구력을 강화할 수 있어."

"그럼, 네 번째는?"

"아프리카 사바나에서 온 한밤의 꽃."

미숙이 눈을 반짝이며 말했다.

"보름달 아래에서만 꽃이 핀단다. 꽃잎이 젊음과 아름다움을 되찾아주는 약재야."

현미는 생에 대한 희망을 느꼈다.

"그리고 다음은?"

"중국에서 온 용의 숨결."

미숙이 목소리를 낮추며 말했다.

"산 절벽에서 나는 희귀한 약초인데 영혼에 불을 불어넣어 용기와 투지를 주는 효험이 있어."

"여섯 번째는?"

현미는 호기심을 자극하며 재촉했다.

"이집트에서 온 불사조 깃털이야."

미숙이 말을 이었다.

"피라미드의 그늘에서 자라는데 예로부터 이 약초는 환생을 하게 하고 절망의 잿더미에서 다시 일어설 수 있게 해준다는 신비의 약초지."

현미의 심박동이 빨라졌다.

"그럼, 일곱 번째는?"

"캐리비안에서 온 인어의 눈물."

미숙이 부드럽게 말했다.

"해저에서 발견된 이 약은 평화와 평온을 가져다주며 마음과 영혼을 진정시켜 준단다."

"여덟 번째는?"

현미가 숨을 헐떡이며 물었다.

"스코틀랜드 고원의 유니콘 뿔이야."

미숙이 신비로운 어조로 말했다.

"뿔이 아니라 유니콘이 돌아다닌다고 하는 곳에 피는 꽃이야. 몸을 맑히고 독소를 정화한단다."

현미는 미숙의 말에 완전히 매료됐다.

"그럼, 아홉 번째는?"

"티베트에 내리는 천상의 이슬."

미숙은 설명을 덧붙였다.

"가장 높은 나무의 잎에서 채취한 이 물질은 정신적 명료함과 지혜를 강화하여 마음을 우주의 비밀에 열어준단다."

"그럼, 열 번째는?"

현미의 목소리는 떨렸다.

"태평양의 미공개 섬에서 온 영원꽃."

미숙이 말을 이었다.

"이 찾기 힘든 꽃은 약의 효능을 조화롭게 버무려서 최종

약효를 내는 열쇠가 되는 불로초 중의 불로초야. 영혼과 신을 연결해 영생을 만들어주는 화룡점정의 키가 되는 약재야."

현미는 설렘과 두려움으로 가슴을 두근두근거리며 경외심을 품고 서 있었다.

"이 약초들은 모두 어떻게 구하지?"

미숙은 설명했다.

"9가지 약재는 요즘 인터넷으로도 주문이 가능할 거야. 그런데 '엘도파'만은 직접 네가 가서 구해 와야 해. 남태평양 사이캐드 섬에 가서 촌장에게 직접 받아와야 해. 그 섬에 오지 않는 사람에게는 엘도파를 내 줄 수 없게 되어 있어. 원주민 세계에서는 선대로부터 내려오는 신비의 약재로 사람을 직접 보지 않고는 줄 수 없는 오랜 사이캐드 섬의 관습법 때문이야. 촌장이 사람을 만나서 얼굴을 보고 영혼의 크기만큼씩만 주기 때문에 사람마다 약재의 양이 다르고 촌장만 내어 줄 수가 있어. 알았지?"

신신당부하는 미숙의 모습이 희미해지기 시작했고, 그녀의 목소리가 숲속으로 사라져버렸다. 현미는 외쳤다.

"미숙아, 미숙아."

꿈이었다. 너무나도 생생한 꿈이었다. 꿈은 대부분 사라지기 마련인데 이 꿈은 돌에 글자를 새기듯 10가지 약재가 머리에 그대로 남아있었다. 행여 내용이 사라지기 전 현미는 책상으로 가서 노트에 꿈의 대화를 메모하기 시작했다.

  현미는 열 가지 약재를 하나씩 구하기 시작했다. 약재를 구하는데 6개월이 걸렸다. 10번째 약재를 구하러 현미는 비행기를 타고 괌으로 갔다. 마지막 '엘도파(L dopa)'를 구하러 배를 타고 사이캐드 섬에 갔다. 그 섬의 파킨스씨병 원인은 불가사의했다. 1950년대 이후에 태어난 섬 주민들은 그 병에 걸리지 않는 점이 더욱 불가사의했고, 그 질병의 원인으로 짐작이 가는 것은 수백만 년 전부터 자라 온 사이캐드라는 토착수목이 지목되었다. 과거에는 괌 주민들이 그 나무의 씨를 먹었던 것이다. '색맹의 섬, 그리고 사이캐드(소철나무) 섬'은 올리버 색스(Oliver Sacks) 박사의 여행기에도 등장하는 신비의 섬이었다. 색스박사는 한 종족이 다른 종족을, 바이러스가 인간을, 테크놀러지가 캘리번(셰익스피어의 템페스트에 나오는 짐승 같은 사내)을 먹이로 삼는다는 것을 테마로 다루고 있어서 신비스러웠다. 촌장을 만나기까지의 과정도 험난했지만 미숙이가 알려준 엘도파를 구한 것은 그야말로 이번 불로초 약재 구입의 화룡점정이었다.
  미숙은 이 약재들을 가지고 경동시장으로 갔다. 가장 유명한 한약상에 가서 제조를 의뢰했다. 마침내 불노환은 청심환의 절반 크기로 30알이 만들어졌다. 보름치의 분량이었다. 생약성분이어서 많이 만들어 먹을 수도 없는 것이었다. 아침 저녁 공복에 한 알씩 먹기 시작했다.

불노환 복용을 시작한 현미에게서 신체적, 정신적 변화가 생기기 시작했다. 매일 그녀는 몸 안에서 미묘한 기운과 감정의 이동이 느껴졌다. 새로운 활력, 발걸음의 가벼움, 생각의 명료함이었다. 전설적인 약초가 실제로 마법처럼 발현되기 시작한 것이었다. 신비스럽게도 아무것도 안 먹고 불노환 한 알을 먹었을 뿐인데 앓고 있던 갱년기 증상이 사라지고, 체력은 다시 폐경 전 상태로 돌아왔다. 삼 일째 되던 날 폐경을 한 지 5년이 지난 현미에게 '한 달에 한 번 여자는 마술에 걸린다.'라는 생리가 터졌다. 현미는 놀라지 않을 수 없었다. 한 마디로 세상에 이런 일이… 체력도 기억력도, 몸의 상태도 폐경 이전처럼 회복이 되고 있음이 느껴졌다.

불노환을 복용한 이후 현미의 일상이 바뀌었다. 50대 후반 여성의 몸 상태가 며칠 만에 40대 중반으로 돌아가는 것을 체험했다. 갱년기 증상을 보이던 현미의 몸 상태가 갱년기 이전 상태로 돌아간 것이었다. 안면홍조, 신경과민, 불면증, 수면장애, 초조함, 우울증, 어지럼증, 피로, 두통, 관절통, 질 건

조증 등 다양한 증상이 획기적으로 호전되는 것을 느꼈다.

파우스트가 그렇게 갖고 싶은 젊은 시절의 체력과 열정을 유지할 마약 같은 약이었다. 진시황제가 오매불망 찾아 나섰던 불노초를 복용하다니 현미는 이 모든 것이 친구 미숙을 통해 전달받은 신의 계시라고 생각했다.

그런데 11일째 되던 날, 현미는 서울의 종로 거리를 걷다가 갑자기 가슴에 날카로운 통증을 느꼈다. 그녀의 시야가 흐려졌고, 비틀거리며 숨을 헐떡였다. 지나가는 사람들은 재빨리 그녀 주위로 모여들었다. 현미는 의식을 잃은 채 도로 위에 쓰러졌다.

"누가 119에 신고해!"

혼란 속에서 목소리가 간절했다. 몇 분도 지나지 않아 사이렌 소리가 울리고 구급대원이 도착해 현미를 들것에 눕히고 가장 가까운 서울대병원으로 급히 이송되었다. 응급실에서는 의사와 간호사들이 그녀를 안정시키기 위해 필사적으로 노력했다. 현미의 활력 징후는 불규칙했다. 심박수가 위험할 정도로 높았고, 혈압이 심하게 변했으며, 호흡이 얕고 힘들었다. 그들의 노력에도 불구하고 그녀의 상태는 여전히 위독했으며, 더 이상의 악화를 막기 위해 의학적 혼수상태를 지켜보았다. 혼수상태는 계속되었다.

혼수상태가 이어지는 동안 현미는 네 명의 선지자를 만났다. 그것은 불노초의 비방을 전하던 미숙의 이야기처럼 아주 생생하였고 뇌리에 화석처럼 또렷하게 각인되었다.

첫 번째 만난 선지자는 성 베드로였다. 현미는 천상의 불빛 속에서 천사들이 춤을 추고 있는 로마의 베드로 성당 앞에 서 있는 자신을 발견했다. 그녀는 어리둥절한 마음으로 주위를 둘러보았고, 마침내 흰 수염을 휘날리며 날카로운 파란 눈을 가진 노인이 그녀에게 다가오는 것을 발견했다. 그는 천국의 문을 여는 커다란 열쇠를 들고 있었다.
"어서 오세요, 현미님."
그의 목소리에는 권위와 친절함이 담겨 있었다.
"나는 천국의 문을 지키는 성 베드로입니다."
"예수님의 제자 성 베드로요?"
현미는 여전히 주변 상황을 이해하려고 노력하며 두리번거렸다.
'내가 왜 여기 와 있지?'
현미는 중얼거렸다.
"당신은 내세의 문턱에 있습니다."
성 베드로가 말했다.

"필멸의 영역과 영원 사이."

현미는 패닉에 빠진 것을 느꼈다.

"나는… 죽은 걸까?"

"그렇지 않습니다."

성 베드로가 부드러운 미소를 지으며 말했다.

"당신은 몸에 있는 독소 때문에 여기에 있습니다. 이곳은 영혼이 성찰하는 교차로이자 치유의 장소입니다."

"나는 영생을 찾으러 왔습니다."

여기에 있는 이유를 베드로에게 설명했다. 성 베드로는 고개를 끄덕였다.

"영생은 단순히 영원히 사는 것이 아닙니다, 현미님. 그것은 존재의 더 깊은 진리를 이해하는 것입니다. 왜 그것을 추구합니까?"

"죽는 게 두렵고 사랑하는 사람들을 잃을까 봐 영생하기를 원합니다."

그녀는 말을 이었다.

"저는 가장 친한 친구인 미숙을 잃었고, 저에게도 같은 일이 일어날 것이라는 생각을 할 수밖에 없습니다."

성 베드로의 눈이 부드러워졌다.

"죽음에 대한 두려움은 자연스러운 것이지만 그것이 당신을 극단적으로 몰아가서는 안 됩니다. 당신이 추구하는 영생은 약이나 약초에서 찾을 수 없습니다. 그것은 목적, 사랑, 믿음의 삶을 사는 데서 발견됩니다."

"하지만 고통을 받고 일찍 죽는 사람들은 어떻습니까?"

현미가 물었다.

"삶과 죽음은 모두 신성한 영역입니다."

성 베드로가 대답했다.

"모든 영혼에는 목적이 있고, 성취해야 할 여정이 있습니다. 미숙의 죽음은 그녀가 다음 단계로 나아갈 시간이었습니다. 영생을 향한 인간의 탐구는 수용과 이해를 통해 조절되어야 합니다."

현미는 자신의 눈에 눈물이 차오르는 것을 느꼈다.

"내가 그 말을 받아들일 수 있을지 모르겠습니다."

"당신 안에는 힘이 있습니다."

성 베드로가 그녀에게 다가와 손을 머리에 얹으며 기도했다.

"주님, 여기 당신의 어린양이 삶과 죽음의 여정에서 방황하고 있습니다. 부디 양지바른 길로 인도하시고 이승에서나 저승에서도 주님의 사랑으로 지혜롭게 하소서."

눈을 떠보니 베드로는 천사들과 춤을 추면서 사라지고 있었다. 현미는 춤을 추며 날아가는 베드로를 향해 감사의 뜻으로 목례를 보냈다.

  연극 무대가 1막을 마치고 2막에서 무대가 바뀐 것처럼 갑자기 현미의 주변 환경이 바뀌어 있었다. 그녀는 활짝 피어난 연꽃과 잔잔한 물소리가 가득한 고요한 정원을 걷고 있는 자신을 발견했다. 정원 중앙에는 평화와 연민을 발산하는 우아한 인물이 서 있었다. 사찰의 탱화에 주인공으로 등장하는 자비하신 관세음보살님이었다.
"환영합니다, 현미보살님."
관세음보살이 말했다. 그녀의 목소리는 바람처럼 부드러운 목소리였다.
"나는 당신을 기다리고 있었습니다."
"관세음보살님."
현미가 합장하고 속삭이듯 물었다.
"제가 왜 여기 있지요?"
"당신은 연민과 깨달음의 진정한 본질을 이해하기 위해 여기에 있습니다."
관세음보살님이 답하고 물었다.
"말해 보세요, 당신은 왜 영생을 구합니까?"

"고통과 상실을 피하기 위해서죠. 저는 자신과 제가 사랑하는 사람들을 보호하고 싶습니다."

현미가 대답했다. 관세음보살님은 고개를 끄덕였다.

"당신의 소망은 이해할 만합니다. 그러나 고통을 피하기 위해 영생을 추구하는 것은 위험으로 가득 찬 길입니다. 물론 그런 길은 세상 어디에도 없습니다. 삶은 무상하고 고통은 존재의 일부입니다. 고통을 통해 우리는 연민을 배우고 영적으로 성장합니다."

"그런데 제가 어떻게 고통을 받아들일 수 있나요?"

현미가 떨리는 목소리로 물었다.

"상실 앞에서 어떻게 평화를 찾을 수 있습니까?"

관세음보살님은 간략히 설명했다.

"현재 순간을 포용하고 모든 존재에 연민을 보임으로써. 진정한 평화는 내면, 즉 삶의 무상함을 이해하고 받아들이는 데서 나옵니다. 매 순간은 소중하며 온전히 살아야 합니다. 기억하세요. 당신이 찾는 불로영생의 답은 외적인 치료법에 있는 것이 아닙니다. 그 답은 당신의 마음과 영혼 안에 있습니다."

관세음보살님과 정원을 걸으며 대화를 나누는 내내 관세음보살님의 목소리가 현미의 내면으로 스며들고 있다는 것을

부활의 꽃

느꼈다. 정원의 모퉁이에 서서 관세음보살님은 온화한 미소를 지으며 말했다.

"현미님, 내면에서 연민을 찾으세요. 그것이 진정한 깨달음의 열쇠입니다."

갑자기 어디선가 강한 바람이 불어왔다. 무대장치가 바뀌듯 현미는 책과 오래된 양피지 냄새로 가득 찬 어두컴컴한 서재를 두리번거리고 있었다. 한 구석을 바라보니 잘 생긴 이목구비와 예리한 눈빛을 가진 남자가 책상에 앉아 열심히 글을 쓰고 있었다. 그는 그녀가 다가가자 사려 깊은 표정을 지었다.

"아, 당신이 현미 씨군요."

그가 깃펜을 내려놓으며 말했다.

"나는 데카르트입니다. 나의 생각의 세계에 오신 것을 환영합니다."

"데카르트 철학자님."

현미가 호기심을 자극하며 말했다.

"대학 신입생이었을 때 철학 수업 시간에 당신에 대해 공부했습니다."

데카르트는 말을 받았다.

"아, 그렇군요. 나는 생각한다. 고로 존재한다.(Cogito, ergo sum.) 이것이 내 철학의 기초지요. 현미 씨, 왜 영생을 추구합니까?"

"죽음에 대한 두려움과 상실의 고통에서 벗어나기 위해서. 영원히 살 수 있는 방법을 찾고 싶어요."

데카르트는 의자에 등을 기대며 그녀의 말을 곰곰이 음미한 후에 말했다.

"당신은 불확실한 세상에서 확실성을 추구합니다. 그러나 당신이 상상하는 영생은 당신이 원하는 평화를 가져다주지 못할 수도 있습니다. 진정한 확실성은 자신의 존재와 목적을 이해하는 데서 옵니다."

현미가 물었다.

"그런데 어떻게 그런 이해를 찾을 수 있을까요? 어디부터 시작해야 하나요?"

"모든 것에 의문을 제기하면서 시작됩니다."

그의 눈이 깊어지며 지적인 열정으로 반짝였다.

"의심은 지식의 열쇠입니다. 의심을 통해 우리는 거짓을 벗겨내고 근본적인 진실을 발견합니다. 경험을 되돌아보고, 믿음에 의문을 제기하고, 생각의 명확성을 추구합니다."

현미는 고개를 끄덕이며 말했다.

"나는 영생의 육체적인 측면에만 너무 집중해 왔습니다. 아마도 철학적인 측면을 간과한 것 같습니다."

"바로 그거예요."

데카르트가 말했다.

"몸만큼 마음과 영혼도 중요합니다. 진정으로 영원히 살기 위해서는 존재의 모든 측면을 이해하고 조화를 이루어야 합니다."

밤이 깊어지자 데카르트는 다음과 같은 마지막 조언을 내놓았다.

"끝없는 물음과 성찰을 통해 참 진리를 얻고 지혜를 구하세요, 현미 씨. 그것이 깨달음에 이르는 진정한 길입니다."

순간 이동을 한 것일까? 현미는 심산유곡에 들어 있었다. 밤에서 아침으로 이동한 것인지 시야는 갑자기 밝아졌다. 그녀는 중국 송나라 시대의 복장을 한 노학자 앞에 서 있는 자신을 발견했다. 그의 눈은 초롱초롱 빛났고 신비주의적인 분위기를 풍겼다.

"안녕하세요, 현미 씨."

그가 합장을 하며 말했다.

"저는 송나라 서자평입니다. 기다리고 있었습니다."

"사주명리학을 완성하신 서자평 선생님을 뵙다니 영광입니다."

현미는 공손히 목례를 올렸다.

"그런데 서자평 선생님. 왜 저를 여기로 데려왔나요?"

"사주팔자의 중국 고전 음양오행의 원리와 운명의 지혜를 전수해 주려고 기다리고 있었지요. 천년을 넘게 현미 씨를 기다려왔습니다."

그가 대답했다.

"저를요?"

현미가 반문하자 그는 말을 이었다.

"모든 인간은 예로부터 길흉화복을 알고 싶어했지요. 저는 오랜 시행착오와 연구 끝에 사주명리학의 학문을 완성하게 되었지요. 이걸 아무에게나 전수하면 사람들이 크게 다칩니다. 그래서 당신을 천년 전부터 기다렸습니다. 현미 씨는 나의 첫 번째 제자이자 마지막 제자입니다."

서자평은 제자 현미에게 강의를 이어갔다.

"사주명리학은 천간(天干) 열 개, 지지(地支) 열두 개의 특성만 알아도 사주팔자를 알 수 있습니다. 제가 불가능의 세계를 해석이 가능한 세계로 아주 쉽게 정리해 놓았죠. 조금 더 나아가 내 팔자의 연관 관계와 합형충파해(合刑冲破害)를 이해하면 누구라도 사주팔자를 내다볼 수 있습니다. '내'가 선택할 수 없는 부모, 형제자매, 사회환경, 정치경제 구조, 세계적 상황 등으로 '내' 운명이 결정됩니다. '내' 사주는 '다른' 이의 사주와 만나는 순간 변합니다. 오늘 그 모든 운명의 비밀을 현미 제자에게 전수할 겁니다."

서자평은 물을 만난 물고기처럼 신이 났다.

"운명의 네 가지 기둥. 그것은 자신의 운명을 이해하고 인생의 도전을 헤쳐 나가는 방법입니다."

현미는 호기심이 치솟았다.

"어떻게 작동하나요?"

"생명은 지구와 우주를 대표하는 참 진리의 틀입니다. 우주에 생명이 없으면 우주가 아니지요. 생명은 우주의 아름다움을 창조하는 우주의 꽃과 같지요."

현미가 다시 물었다.

"선생님. 생명이 없으면 우주가 없으니 생명은 곧 우주의 진리요, 고귀한 주인이라는 말씀입니까?"

"예 그렇습니다. 생명은 색소로 이루어져 있고 그 주체는 빛이므로 생명의 본체는 광명이요 빛이라 할 수 있습니다. 우주에 변화가 없다면 진리가 없지요. 자연의 변화로 태어나고 죽음이 있어야 진리가 있는 법입니다. 우주에서 신이 주신 가장 소중하고 값진 꽃이 바로 인간의 생명인 것이지요. 자비와 큰 사랑으로 모든 우주의 생명을 사랑하는 것은 세상을 아름답게 만드는 향기라고 말할 수 있습니다. 현미 씨는 아름다운 향기를 이 땅에 남기실 분이기 때문입니다. 제가 전수하는 비법으로 생명의 향기를 우주에 전파하시기 바랍니다."

서자평은 미소를 지었다.

"당신이 태어난 연도, 월, 일, 시를 조사함으로써 운명의 숨겨진 패턴을 밝힐 수 있습니다. 보여드리겠습니다."

그는 그녀를 작은 비밀의 방으로 인도하고 테이블로 데려갔다. 거기에는 복잡한 기호와 도표, 아리송한 문양으로 뒤덮인 신비의 두루마리가 펼쳐져 있었다.

"이것은 당신이 태어날 당시의 우주 에너지를 나타냅니다."

그는 설명했다.

"이를 해석함으로써 우리는 사람의 강점, 약점 및 인생 경로에 대한 통찰력을 얻을 수 있습니다."

현미는 서자평이 가르쳐준 대로 신비의 두루마리를 읽고 해석하는 비법을 전수받았다.

"당신의 운명은 강력한 세력의 영향을 받습니다."

그는 말했다.

"당신은 강한 의지와 지식에 대한 탐구를 가지고 있습니다.

그러나 당신은 겸손과 연민의 균형을 맞춰야 합니다. 여기 당신의 욕망, 번뇌가 별빛처럼 보이지요. 그것들을 하나씩 씻고 또 씻어 내리세요. 물로 아기 부처를 목욕시키듯이 말입니다. 현미 씨는 천년의 도를 닦은 사람처럼 정말 잘 습득하시고 해석하십니다. 이 서자평이 천년을 기다린 보람이 있네요. 지금 심연 속에 나의 맑은 영혼이 환희로 변환되는 것을 느끼시지요? 태초의 신비가 빛을 타고 내려오듯 내 머리에 신비의 두루마리가 펼쳐지지요. 앞으로 그렇게 생명의 신비가 펼쳐질 것입니다."

"영생을 찾는 데 도움이 될까요?"

현미가 물었다. 서자평은 말했다.

"당신의 생각과 달리 영생은 죽음을 거부하는 것이 아니라 자신의 운명을 이해하고 성취하는 것입니다. 운명과 조화롭게 생활함으로써 행동과 유산을 통해 불멸의 형태를 얻을 수 있습니다."

현미는 그의 말을 받아들이며 고개를 끄덕였다.

"그럼, 그것이 의미 있는 삶을 살기 위한 건가요?"

"그렇습니다."

그는 온화한 미소를 지으며 말했다.

"당신의 여행은 당신의 진정한 자아를 발견하고 세상에 공헌하는 것입니다. 영생을 추구하기보다는 생명 그 자체를 바라보고 사랑하세요."

마음이 희미해지기 시작하자 서자평의 마지막 말이 그녀의 마음속에 울려 퍼졌다.

"현미 씨, 자신의 운명을 받아들이고 사람들을 사랑하는 것이 참 생명의 향기입니다. 현미 씨, 사람들의 사주팔자를 보는 비방이 담긴 이 신비의 두루마리, 천년을 간직해 온 이 두루마리를 당신께 드리겠습니다. 이 두루마리를 뇌리 속에 새겨 넣으시고 당신에게 운명의 지혜를 구하러 오는 사람들을 위해서 쓰십시오. 이 신비의 두루마리는 당신에게 사람들의 사주팔자를 바로 읽을 수 있는 혜안을 열어줄 것입니다."

서자평은 현미의 어깨를 툭 치고 홀연히 사라지는 것이었다. 매번 새로운 선인들을 만날 때마다 현미는 자신이 새로운 영역에 진입하고 있는 것을 느꼈다. '이것이 꿈이야 생시야' 하면서.

사흘 뒤 마침내 현미는 의식을 되찾았다. 현미는 제일 먼저 의료진의 얼굴을 마주했다. 주치의가 진지한 표정으로 나섰다.

"현미 씨, 당신이 살아 있어서 정말 행운이에요."

주치의는 그녀의 기적적인 생환에 놀라워했다.

"당신은 급성심장독성과 전신중독을 앓고 있었습니다. 우리는 당신의 혈류에서 알려지지 않은 여러 독소를 많이 발견하였습니다. 무슨 이상한 약물을 복용하고 계신 것으로 추측할 수밖에 없는 소견입니다."

충격을 받은 현미의 동공이 두 배로 커졌다.

"독소요? 그건 불노초입니다."

크게 외쳤지만 목소리는 목구멍 안에 있어서 주치의에게는 들리지 않았다. 주치의는 침대 옆 의자를 끌어당기며 한숨을 쉬며 말했다.

"우리는 현미 환자분에 대하여 광범위한 검사를 실시했습니다. 환자분의 신체는 입원 전에 아마 섭취했을 것으로 추정되는 여러 독성 화합물에 반응하고 있었습니다. 무엇을 복용했는지 말씀해 주시겠습니까?"

현미는 잠시 머뭇거리다가 자신이 만든 10가지 전설적인 약초와 물약에 대한 탐구에 대해 솔직히 털어놓았다. 주치의는 열심히 귀를 기울였다.

"눈 연꽃, 심장덩굴, 황금 뿌리… 이 모든 허브에는 강력한 활성 성분이 있다고 알려져 있으나 양방에서는 임상적으로 검증된 적이 없습니다. 양을 조절하면 유익한 특성을 가질 수 있지만 상호 작용에 대한 정확한 지식 없이 이들을 결합하는 것은 생명을 위태롭게 할 수 있습니다."

주치의 설명에 현미의 마음이 가라앉았다.

"나는 그들이 나에게 영생을 줄 것이라고 생각했습니다."

주치의는 동정심으로 고개를 끄덕거렸다.

"많은 약초에는 과다 복용하거나 부적절하게 혼합할 경우 독성이 있을 수 있는 알칼로이드, 배당체 및 기타 화합물이 포함되어 있습니다. 환자께서 경험한 증상(심각한 흉통, 허탈)은 중독과 일치합니다. 또한 환자분은 신경독성징후를 보였으며, 이는 의식이 없을 때 겪게 되는 환각 같은 것이지요."

현미는 혼수상태 동안 겪었던 초현실적인 만남, 즉 성 베드로, 관세음보살, 데카르트, 서자평을 회상했다. 그녀는 자신이 처한 위험을 깨닫고 몸을 떨었다.

"좋은 소식은 우리가 환자분의 신체에서 대부분의 독소를 제거할 수 있었다는 것입니다. 하지만 휴식을 취하고 회복해야 합니다. 당신의 몸은 심각한 시련을 겪었습니다."

현미는 생각과 감정이 복잡하게 얽힌 채 고개를 끄덕였다. 그녀는 영생을 추구하다가 죽음에 너무 가까워졌던 것이었다. 그녀가 자신을 구할 것이라고 믿었던 바로 그 불노환이 그녀를 거의 죽게 할 뻔 했다는 것이다.

의사들이 그녀를 쉬게 했을 때, 현미는 누워서 천장을 바라보았다. 그녀는 자신에게 두 번째 기회가 주어졌다는 것을 알고 있었으나 앞으로의 길은 불확실했다. 약초와 그 힘에 대한 지식은 그녀에게 남아있었지만, 약초의 위험성에 대한 교훈도 마찬가지였다. 그녀는 진정한 깨달음과 이해로 가는 길에는 위험이 따른다는 것을 깨달았다. 하지만 각각 단계마다 그녀는 자신이 찾고 있던 진리에 점점 더 가까워졌다. 그녀의 여행은 아직 끝나지 않았다. 이제 막 시작되었을 뿐이었다.

현미는 벌떡 일어나 병실의 새하얀 천장에 시선을 맞췄다. 그녀는 눈을 깜박이며, 그녀의 정맥을 통해 흐르는 압도적인 에너지를 느꼈다. 그녀의 갑작스러운 회복에 당황한 의사들은 기적적인 회복에 대해 추측만 할 수밖에 없었다. 하지만 현미는 자신 안에 뭔가 심오한 변화가 생겼다는 것을 알고 있었다.

그녀의 머릿속에는 성 베드로, 관세음보살, 데카르트, 서자평과의 만남이 생생하게 떠올랐다. 각 인물은 지혜와 지식을 전달하여 삶과 영원에 대한 이해를 재구성했다. 그중 가장 깊은 울림을 준 것은 사주명리학을 만든 서자평의 '신비의 두루마리'였다. 현미는 그의 뇌리에 새겨져 있는 신비의 두루마리

실체에 대해서는 누구에게도 말하지 않았다. 자신이 만난 주치의며 간호사며 모든 사람의 전생과 운명을 볼 수 있다는 것을 병원에서 발설하지 않았다. 신기하게도 신비의 두루마리는 그녀의 뇌 속에 펼쳐지면서 사람들의 과거와 현재 그리고 미래의 패턴을 그대로 보여주는 신통력이 있음을 확인할 수 있었다. 새로 발견한 현미의 이 초능력은 축복이자 부담이었지만, 서자평의 말대로 현미는 그것을 좋은 일을 위해 사용하고 싶은 강력한 충동을 느꼈다.

병원에서 퇴원한 현미는 보이지 않는 힘에 이끌려 북한산 자락으로 향했다. 그녀는 세검정에 있는 방 두 개짜리 집을 얻고 '천지신령'이라는 간판을 달았다. 현미는 다른 사주명리학을 보는 사람들과 달리 복채나 대가를 받지 않는다는 안내문을 간판 아래 작게 표기해 놓았다. 그녀의 놀라운 신내림에 대한 소문은 빠르게 퍼져 전국 각지 사람들을 끌어모았다. 정치인, 기업가, 일반 대중 모두가 그녀를 보기 위해 모여들었고 운명과 해법을 구했다. 각각의 상담은 하나의 계시였으며 사람들은 새로 발견한 명확성과 목적을 가지고 그녀를 알현했고, 이들은 감사한 마음으로 문을 나섰다. 현미는 희망과 통찰력의 등대가 되었고, 그녀의 명성은 날이 갈수록 커져갔다. '천지신령'은 어떤 경우에도 복채 없이 과거와 미래를 풀어냈다. '천지신령' 현미는 그 재능을 기부한 기부천사로 전국에 이름을 떨치게 되었다.

지혜라는 젊은 여성이 현미를 찾아왔다. 지혜가 자리에 앉자마자 현미는 그녀의 눈을 바라보며 말했다.
"너는 아주 어린 나이에 어머니를 잃었고, 그때부터 가족의 안녕에 대한 책임감을 느껴왔다."
지혜는 깜짝 놀라 숨이 막혔다.
"직장에서 큰 스트레스를 받을 수 있는 어려운 결정을 내리게 됐다. 이를 방지하려면 팀원들과 터놓고 소통하고, 혼자서 너무 많은 일을 떠맡지 마라."

김씨라는 노인이 건강이 나빠진 것을 걱정하며 현미를 찾아왔다. 현미는 그를 힐끗 바라보며 말했다.
"당신은 한국전쟁에 참전한 군인이었는데, 당신이 겪은 트라우마가 수년 동안 당신에게 남아있다."
김씨는 고개를 끄덕였다. 그의 눈에는 눈물이 고였다.
"앞으로 몇 달 안에 심각한 심장질환을 겪게 될 위험이 있다. 스트레스 받는 상황을 피하고 즉시 심장내과 전문의에게 정밀검사를 받아보길 바란다."

이씨라는 한 중년 여성이 걱정스러운 얼굴로 현미를 찾아왔다. 현미는 그녀를 바라보며 말했다.
"어렸을 때 혼외 아이를 낳았는데, 그 아이가 자라면서 문제 아이들과 어울리고 있다."
현미는 부드럽게 말했다. 이씨의 얼굴이 창백해졌다.
"당신의 아들은 중독에 빠질 가능성이 있는 인생의 위험한 국면에 접어들고 있다. 이 시기를 헤쳐나가려면 전문가의 도움을 받아야 한다."

박씨라는 사업가가 흔들리는 회사에 대해 현미에게 조언을 구했다. 현미는 그의 얼굴을 살피며 말했다.
"당신은 10년 전 친한 친구이자 동업자에게 배신을 당해 이전 회사를 잃게 됐다."
박씨는 그 정확한 과거력을 족집게처럼 술술 읊어대는 현미의 언행에 너무 놀라서 쓰러질 지경이었다. 이어 현미는 조언했다.
"앞으로 몇 주 안에 금전적인 기회가 찾아오겠지만 위험도 크다. 파탄을 피하기 위해서는 기회를 철저하게 조사하고 2

차 소견을 구한 후 거래하라."

 민준이라는 젊은 예술가가 진로의 방향을 모색하기 위해 현미를 찾아왔다. 현미는 그를 관찰하며 말했다.
 "당신은 고아원에서 자랐고 항상 소속감에 어려움을 겪었다."
 민준은 눈물을 흘리며 고개를 끄덕였다.
 "당신은 예술계에서 돌파구를 찾을 위기에 처해 있지만 재능을 활용할 수 있는 멘토를 만나게 될 것이다."
 현미의 예언은 모두 기적의 두루말이 덕분이었다.
 "당신의 미래 성공을 보호하기 위해 모든 합의가 공정하고 서면으로 이루어지도록 주의하고 조심하라."
 현미가 민준에게 당부했다.

 이른 새벽부터 북한산 '천지신령' 현미의 집에는 전국에서 몰려오는 사람들로 인산인해를 이루었다. 인생에서 누구나 근심과 걱정, 그리고 미래에 대한 불안감 없는 사람이 어디 있으랴. 이같이 타인에게 속 시원히 털어놓지 못할 고민으로 마음의 맺힌 응어리들도 이상하리만치 현미를 만나면 하나같이 열혈 팬이 되었다.

현미는 매일 새벽 4시에 북한산에 올라가서 정성을 다해 기도를 올린다. 어려움을 겪는 이들에게 명쾌하고 신통한 신점, 영점을 봐주기 시작한 지 벌써 반 년이 넘었다. 손님이 찾아오면 15초 이내에 그 사람의 과거력을 알아내고 아울러 그 사람의 미래를 예지하는 능력과, 사주를 보지 않아도 사람의 마음을 알 수 있는 영적인 신통력을 선물 받은 현미는 신비로움 그 자체였다. 현미네 '천지신령' 집은 신비로웠다. 사람들의 과거를 읽어내고 예리한 통찰력으로 미래의 나갈 지침을 막힘없이 술술 풀어주는 비법. 이 모든 것이 손님이 입장하자마자 현미의 머리에 나타나는 '신비의 두루마리' 덕분이었다. 특히 우울증과 같은 정신질환자들이 현미를 만나고 나면 죽음의 유혹이 깨끗이 사라지고 생기 넘치는 사람으로 치유되었다. 현미의 신통력이야말로 대단한 화제를 몰고 다녔다. 인간의 노력만으로 해결할 수 없는 인생에 새 빛을 선물하는 현미의 일상은 신성한 시간으로 채워지고 있었다.

현미의 도움을 받은 열혈팬들은 '천지신령 신탁'이라는 팬클럽을 결성했다. 매일 돌아가며 북한산 '천지신령'을 찾는 사람들의 관리와 질서유지 등을 도맡아서 일사불란한 운영의 기틀도 잡혔다. 영적인 신의 능력을 물려받은 현미는 '하늘에서 내려주시는 영험한 신통력으로 지혜를 일러주는 구세주'

라는 찬사가 그리 과장된 표현이 아니었다. 현미는 삶의 기로에 선 이들에게 운명의 지혜를 나누어 주는 구세주였다. 북한산 '천지신령'은 마치 뱀이 허물 벗듯 생의 새로운 전기를 마련하는 명소가 되었다.

그 후 1년 쯤 되었을 때 운명의 날이 다가왔다. 북한산 천지신령 집에 황혼이 황금빛으로 물들고 있을 때, 의문의 낯선 사람이 찾아왔다. 그림자에 가려진 그는 시대를 초월한 지혜의 아우라를 발산했다. 그는 현미의 모든 발걸음과 그녀의 모든 생각을 알고 있는 것 같았다.

"당신은 이 세상의 장막 너머를 보았소."

그가 말을 시작했는데, 그의 목소리는 초자연적인 억양으로 울려 퍼졌다. 낯익은 목소리였기 때문에 낯선 사람의 얼굴을 찬찬히 살펴보았다. 꿈속에서 만났던 서자평 선생이었다. 현미가 놀라며 낯선 사람에게 물었다.

"명리학을 만드신 서자평 선생님!"

현미에게 신비의 두루마리를 선물했던 바로 서자평 선생 같았다.

"선생님 어찌 된 영문이십니까?"

"나의 유일무이했던 현미 제자님. 영원한 영생도 생명도 기가 다하는 숨통이 있어요. 하루 이틀 이내에 천지신명을 거두어가려는 사건이 곧 생길 겁니다. 이 운명만큼은 두루마리에 없습니다. 그러니 너무 놀라지 마세요. 그동안 우주의 생명을 두루 잘 보살피셨습니다. 이제 좀 평안하게 모든 것을 내려놓고 사세요. 그걸 알려드리러 이렇게 왔다 갑니다."

바람이 휙 지나가듯이 서자평의 천지신령은 북한산을 휘감고 사라졌다.

그 순간, 현미는 자신에게 앞으로 겪을 일이 무엇인지를 골똘히 생각했다. 그녀의 여정은 생명의 신비와 사랑의 향기를 우주에 펼치는 것이었고 그것은 향후에도 불변의 진리라고 생각했다. 새로 발견한 지혜를 바탕으로 그녀는 자신의 능력을 사용하여 다른 사람들이 자신의 길을 찾을 수 있도록 돕고, 삶의 끝을 두려워하기보다는 삶의 여정을 이해하고 소중히 여기도록 안내한 역할에 스스로 대견스러웠고 만족스러웠다.

다음 날 아침, 북한산 천지신령 앞마당의 참나무가 간밤의 천둥과 벼락을 맞아서 집채를 덮쳤다. 서자평이 예언한 천지신명을 거두어가려는 사건이 이것이구나 현미는 예감할 수 있었다. 강력한 벼락이 북한산의 천지신령 집을 덮쳐 사람들이 복구작업을 하기 시작했다. 그러나 현미의 마음에 새겨진 신비한 두루마리는 바람과 함께 사라졌다. 그와 함께 그녀의 신통력도 마력도 모두 사라졌다. 그녀는 이상한 공허함을 느꼈고 오랜 잠에서 깨어난 기분이었다. 그녀의 머릿속에 끊임없이 존재했던 두루마리는 이제는 추억으로만 남아있을 뿐이었다. 그날 이후 그녀는 일 년 동안 비웠던 성북동 자택으로 돌아왔다. 일 년이라는 기간은 마치 천년의 세월처럼 길고 긴 여정으로 느껴졌다.

  그녀는 이제 환갑으로 향하고 있는 평범한 한 여인으로 돌아왔다. 그녀는 자신을 둘러싸고 있는 지혜와 힘의 아우라를 모두 버리고 나니 심신이 가벼워짐을 느낄 수 있었다. 현미의 진정한 힘은 결코 마법의 힘 자체에 있는 것이 아니라, 그녀가 발전시킨 지혜와 연민에 있었다. 그녀의 존재를 재정의해야 한다고 생각했다. 이제 그녀는 삶의 진정한 본질이 삶의 지속 기간이 아니라 삶의 깊이와 의미에 있다는 것을 깨달았다. 한때나마 그녀는 통찰력으로 다른 사람들을 돕고자 노력했던 세월에도 감사함을 느꼈다. 사람들은 단순히 사주팔자를 보기 위해서가 아니라 영적인 인도를 받기 위해 그녀에게 모여들었던 것이었다. 그녀는 모든 생명이 아무리 찰나의 순간이라도 무한한 잠재력이 있음을 알렸다. 그녀는 그들에게 현재 순간의 기쁨과 용기와 평온함으로 미래를 맞이하는 방법을 알려준 것이었다.

　일상으로 돌아온 현미는 그녀가 30년간 몸담았던 전문 심리상담사의 길로 다시 향했다. 종로 탑골공원 앞에 무료 심리상담소를 오픈했다. 그녀는 자신이 얻은 평생의 지혜를 나누고 싶은 마음을 담아서 하늘과 땅의 연결을 상징하는 '천지'라고 명명했다. '천지'는 심리상담사로의 모든 경험을 사회적 약자들을 위해 무상으로 제공하는 장소였다. 탑골공원에 모인 노인, 실업자, 지친 노동자, 외국인 노동자들의 안식처로 만들 위대한 결심을 한 것이다. '천지'는 한 달도 되지 않아 인산인해를 이루었다. 그녀는 화장실 갈 시간조차 아꼈다. 상담실은 가구나 집기도 거의 없었으나 그녀는 따뜻한 미소로 한 사람 한 사람을 맞이했고, 그녀의 눈에서 사람들은 진정한 배려와 공감을 보았다. 전문 상담사로서의 명성은 탑골공원을 넘어서 서울역, 청량리, 외국인노동자들이 모이는 대학로 등 서울 전역으로 널리 퍼졌다. 그녀를 찾아온 사람들에게 깊은 인상을 남긴 것은 바로 그녀의 인간 사랑이었다. 최근 아내를 잃고 표류하던 노인도, 실직하고 갈 곳 없는 가장들도, 삶의 의지가 박약한 노숙자도 그녀의 상담실을 거치고 나면 위안을 받았다. 그녀는 이미 오래전부터 약자들의 항구에 확고한 닻을 내린 선장이었던 것이었다.

 현미는 사람들의 고통을 인정하고 그들의 감정을 확인하기 위해 가장 낮은 자세로 경청했다. 배우자를 교통사고로 갑자기 잃은 노인에게 현미는 말했다.

 "슬픔은 여정입니다, 이 선생님. 상실감을 느끼는 것은 저도 마찬가지입니다. 사모님을 기억하고 영혼을 마음속에 살아있게 할 수 있는 작은 방법들을 같이 찾아봅시다."

 현미는 늘 긍정적인 메시지로 약자들과 울고 웃었다.

 "선생님 화단에 사모님이 좋아한다는 노란 금계국을 함께 심어서 해가 바뀌어도 그 꽃을 보면서 사모님을 추억해 보는 것은 어때요?. 저도 한 그루 사무실 화분에 심어 놓겠습니다."

 노란 꽃을 너무 사랑하는 아내를 위한 현미의 공감. 현미의 상담은 별것이 아니라면 아니겠지만 그 노인에게 슬픔을 극복할 수 있는 소소한 방법을 공유했다. 최근 직장에서 해고된 젊은 여성 '민지'라는 30대 초반의 직장인도 '천지'를 찾았다. 그녀는 너무 억울하다며 말했다.

 "모든 것을 잃은 것 같아요. 저보다 못한 애들도 많은데 왜 하필 저예요?"

 현미의 눈은 공감으로 이미 부드러워져 있었다.

"민지 씨, 실직한다고 해서 당신의 가치가 저하된 것은 아닙니다. 당신의 열정과 강점을 함께 탐구해 봅시다."

항상 상담자의 시각에서 함께 방법론을 찾으려고 현미는 노력했다. '민지'가 그림에 대한 열정이 남다름을 발견하고 종로구민회관에서 어린이들에게 미술지도를 하도록 안내했다. 현미의 헌신적인 노력은 민지라는 실직자에게 그녀의 불꽃을 다시 점화시켜 그녀의 절망을 창의성과 희망으로 바꾸는 데 도움을 주었다. 고립으로 인해 어려움을 겪는 외국인 노동자들도 '천지'는 마치 마음의 쉼터 같은 성지가 되었다. '천지'에서의 현미의 나날은 이러한 헌신적인 순간들로 가득 차 있었다. 슬픔과 깨달음의 삶에서 나온 그녀의 지혜는 그녀가 조언한 사람들에게 깊은 울림을 주었다. 그녀는 폭풍 속에서 등대가 되어 그들을 자기 발견과 치유로 인도했다. 그녀를 찾는 사람이면 누구든 상관없이 그녀의 변함없는 헌신을 경험할 수 있었다. 인간 연결의 힘과 갱신의 잠재력에 대한 그녀의 믿음을 보여주는 증거였다. 계절이 바뀌면서 '천지'의 벽에는 웃음과 눈물, 고통과 승리의 이야기가 메아리쳤다. 한때 슬픔으로 가득 차 있던 현미의 마음은 이제 깊은 사랑의 전도사가 되어 있었다. 사랑의 전도사는 육체를 초월하여 자신과 인연을 맺은 사람들의 가슴속에 꺼지지 않는 등불을 밝히는 것임을 확신했다. 마치 영생하는 불로초를 얻은 것 같았다. '천지'는 변함없는 사랑의 힘과 하늘과 땅의 영원한 사랑을 연계하는 공간이 되었다. 그녀의 작은 상담센터에서 현미는 상처받은 마음이 치유할 수 있는 공간, 잃어버린 영혼이 방향을 찾을 수 있는 공간이 되었다. 상담하는 모든 사람이 그녀의 일부가 되었다. 그녀는 이 대지에 뿌리를 단단히 내리고 지지 않는 생명의 불꽃을 피우리라 다짐했다. 생명의 불사조 같은 불꽃.

북한산 너머로 해가 진다. 현미는 세상과 더 따스한 숨결로 연결되어 있음을 느끼며 미소를 지었다. 그녀는 삶의 진정한 본질이 마법이나 영원에 있는 것이 아니라 사랑과 이해라는 단순하고 일상적인 행위에 있다는 것을 배웠다. 그녀를 지탱하는 힘의 뿌리는 마법의 힘이 아니라 그녀가 만들어가는 삶과 실천하는 인간 사랑에서 나온다고 굳게 믿었다.

이제 현미의 인생 여정은 매우 안정적인 항로로 접어들었다. 생사를 넘나드는 생명의 위기를 극복한 뒤에 기적 같은 신통력의 세계를 지났고, 이제는 원래의 현미로 돌아와 상담하는 숙명적인 세계로 여행하고 있으니 말이다. 탑골공원의 '천지'에서 그녀는 가장 특별한 마법이 평범한 삶의 중심에 있다는 것을 발견했다. 그녀의 삶은 길 잃은 사람들의 지팡이가 되어주는 일이었고 그것은 사람들에 대한 현미의 무한한 사랑이었다. 현미의 여정은 끝이 아닌 우주와의 영원한 화해의 출발점에 다시 서 있는 것이다. 하늘나라에 있을 미숙이도 현미를 응원하고 있는지 서산의 노을이 더욱 붉게 타고 있었다.

―《문학, 상》 2004년 12월호.

ㅌㅏㄹㅍㅣ **탈피**脫皮

팔의 아픔이 원상회복되면서 한 겹 마음껍질을 벗고 그녀는 새 마음옷을 입었다

탈피(脫皮)

 오십 년 간 입었던 옷을 훌훌 벗어 던졌다. 처음으로 다른 사람 앞에서 노브라에 노팬티로 옷 한 장만 입고 운동을 하고 있었다. 의식의 벽을 뚫고 내 몸이 느끼는 대로 움직였다. 온몸이 나를 느꼈다. 보이지는 않았으나 무의식 세계가 처음으로 세상에 나온 것 같았다. 교육받은 대로 바른 생활의 모범을 보이기 위해 나는 착한 딸이어야 했다. 좋은 엄마이고 훌륭한 아내이어야 했다. 사는 동안 딱히 이룬 것도 없지만 이렇다 할 불만도 없었다. 내 인생이 걸어온 길을 담담하게 뒤돌아본다.

 뉴런들이 연결된 뇌에 불빛이 연결되어 있다. 검은 바탕에 때론 푸르게 때론 보랏빛 세포들이 연결되어 있다. 무의식이 과연 무엇일까? 실제로 있는 걸까? 빙산에 드러나지 않고 가라앉은 정도일까? 의식의 세계는 빙산으로 드러난 아주 일부분일 것이다. 버스만 한 코끼리에 사람이 올라타고 있다. 무의식 코끼리는 24시간 잠을 자지 않고 의식인 사람이 고삐를 움직이는 대로 움직였다. 사람은 의식을 갖기 위해 잠을 자야 한다. 이런 상황에서 무의식의 엄청난 힘을 의식이 지배를 할까? 아니면 무의식에 의해 지배를 당하게 될까? 무의식은 무얼 원하고 잠재력을 발휘할까?

근육의 움직임까지 포착한다는 자기공명영상장치 MRI를 찍느라 관처럼 생긴 통에 내 몸이 들어갔다. 방사선사가 스피커로 지시하는 대로 맑은 정신은 시체처럼 죽은 듯이 꼼짝하지 않고 있었다. 빨간 레이저가 내 몸을 칼로 자르듯 얇은 종이처럼 내 몸을 읽어 내려갔다. 커다란 소음이 울리고 내 몸의 상세 내역을 훑고 있다고 생각하니 기분이 묘했다. 어떻게 기계가 내 몸을 읽을 수 있을까? 혹시 내 마음도 읽어 내고 있는 것이 아닐까? 육신은 판독의가 영상으로 판독한다지만 마음은 판독의가 없어서 결과를 내지 못할 뿐이라고 생각했다.

자기장 고주파로 몸을 읽어 내다니 그저 신비로울 뿐이었다. 고대 의사들은 청각과 촉각으로 병을 진단했다는데 나는 첨단 의료기기로 몸을 읽으니 과학 기술에 의지가 되지만 기계에 대한 거부감과 두려움도 있었다. 혹시 다른 병들이 딸려 나오는 건 아닌지? 일단 종양은 물론, 인대 같은 근육도 읽어 낸다는 정밀검사 MRI를 믿어 보자. 시계도 풀고 몸뚱이만 받아주는 MRI에 내 몸을 맡겼다. 6시간 금식한 상태라 맥이 풀리고 힘은 없었으나 정신력은 더 활성화되었다. 스피커 소리에 내 생명을 맡기면서 신기하기도 하고 고맙기도 하고 기계가 나를 지배하는 것 같다는 생각을 했다. 좁고 닫힌 공간에 나는 불안을 털어내리고 안간힘을 썼다. 공황장애 혹은 불안장애가 밀려오는 것 같았으나 담대한 척하며 조용히 숨을 고르며 일부러 딴 생각을 하려고 애썼다. 무슨 생각을 꺼낼까? 고심하던 차에 인도의 갠지스강이 떠올랐다. 강물에서 간절히 기도하던 여행객들을 떠올리고 나도 간절히 기도를 했다. 추억이 아련히 밀려왔다. 갑자기 명상 음악이 듣고 싶었고 그냥 편하게 자고 싶었다.

찬바람이 창을 때리는 겨울 새벽, 바늘로 찌르는 왼쪽 팔의 아픔에 잠을 설쳤다. 모든 신경은 통증에 집중하게 했다. 잡념이 사라졌고 통증에 정신이 놀랐다. 한숨 속에 그간의 파노라마가 지나갔다. 돌아가신 부모님이 너무 보고 싶었다. 건강할 때는 그저 에너지를 발산하느라 날만 밝으면 밖으로 나가서 오 분도 쉬지 않고 온종일 일했다. 때로는 영화도 보고 산도 가고 친구와 만나 인생을 논하기도 했다. 언젠가 가족들끼리 여행을 했는데 사소한 일로 다툰 것도 이제는 그리움이 되었다. 나는 나를 만나고 있었다. 몸이 아프니 철학자가 되어갔다. 나와의 진지한 대화가 필요했다.

생로병사 중 병이 오고 있는 것에 많이 놀랐지만 병을 친구라 생각하고 잘 다루어야 한다고 다짐을 했다. 정서적 불안과 정신적 안정감이 절대적인 힘으로 마주치고 대결하는 느낌이었다. 아무튼 이 고비를 지나면 눈부신 태양이 내게 떠오르겠지.

병명은 어깨관절 회전근개파열이다. 95프로 망가진 내 어깨를 살리기 위해 수술을 해야 하는데 지금 하느냐 아니면 10년 후 인공관절로 바꾸느냐 하는 선택을 해야 했다. 한 달 두 달 담담한 척하며 고민스러웠으나 선택은 내가 해야 했다. 수술실에서 살아나오는 게 일 차 목표였다. 눈길 교통사고로 중앙선을 넘어갈 때도 담담하게 위기를 넘긴 적이 있었지만 그때는 눈 깜빡할 사이의 일이라 고민할 시간이 없었다. 이번에는 달랐다. 생각할 시간이 주어지면서 고민할 시간도 생겼기 때문에 나는 흔들릴 조건을 충족하고 있었다.

"다 잘 될 거야."

주변 사람의 따스한 말 한마디에 내 눈물샘은 터지고 말았다. 주룩주룩 흐르는 눈물은 하나밖에 없는 목숨이 과연 수술실에서 나올 수 있을까 하는 두려움의 반사작용이었다. 대단히 두려웠고 살고 싶다는 생각이 더욱 강해졌다. 죽어도 좋다는 각서를 쓰고 수술을 하는 건 정말 두려운 일이었다. '잘 되겠지' 스스로 위로하며 평소 안 하던 기도가 자꾸 나왔다. 피아노를 치며 찬송가를 부르니 마음이 기도하는 것 같아 편안했다. 게다가 잠자기 전에는 불교 경전을 들으니 마음도 차분해졌다. 마음먹는 게 쉽기도 하고 어렵기도 했다. 파가니니의 열정적인 바이올린 현악기가 뜯기듯 귓가에 쟁쟁거리며 마음을 흔들었다.

나의 가족과 친구 지인들과 각각의 나무로, 바람에도 적당히 흔들리며 눈이 와도 웃었고 비가 와도 한없이 비를 반겼다. 가뭄이 와서 갈증이 나 목이 타들어 가도 뿌리로 중심을 잡으며 해를 반겼고 햇살을 즐겼다. 살고 죽는 것은 기쁨과 슬픔이 함께 오가는 문제였다. 지금은 두 세계 사이의 한 겨울 칼바람 부는 언덕, 굽어진 소나무 한 그루 같았다. 쓸쓸하고 허전했다. 천년 후를 생각하면 그저 산과 개미 한 마리의 중간이겠지만 지금 당장 닥친 수술 앞에서 나는 만감이 교차했다. 다만 말 없어 보이는 산처럼 담담하려 집중했다.

　수술 날짜가 다가올수록 더욱 말이 없어졌다. 속으로 울었다. 가족들의 따뜻한 말과 행동이 오히려 눈물샘을 건드렸다. 엄마가 좋아한다며 아들이 차려준 유부초밥 한 접시를 보고 나는 화장실로 달려갔다. 수돗물을 틀었다. 천둥 번개 치는 내 마음이, 과연 수술실에서 살아나올 수 있을까? 마음이 하수도로 마구마구 흘러갔다. 수도꼭지가 내 감정을 숨겨주었다. 누구에게도 눈물을 보이고 싶지 않았다. 그저 냉정하게 인생은 내 몫이었다. 눈물을 보여서 병이 사라진다면 천 번이라도 눈물을 보이겠지만 병도 내가 받아들여야 할 부분이고 눈물도 철저하게 내 몫이었다.

　전신에 머큐로크롬이 발라진 채로 드디어 수술장에 누웠다. 이브가 되어 에덴동산에 누운 것 같았다. 무의식으로 있을 수 있을까? 난 의식을 갖고 여기까지 왔다. 어떻게 나를 내가 모른 채 세 시간을 실험실 개구리처럼 누워 있을 수 있을까? 모르겠다. 눈을 질끈 감아 오십 년을 덮자. 반세기를 덮자. 다시 반세기를 시작해야겠다. 그간 오십 년을 무의식 세계에도 갔다 오지 않았던가? 잠을 자고 꿈을 꾸고 무의식 세계에 갔다 왔던 것이 위로가 되었다.

　오십의 나이지만 내 몸은 여전히 관능적이고 시커먼 머리와 탄탄한 근육은 아직 매력이 있었다. 적어도 내 눈에는 그랬다. 그런데 지금은 한 마리의 개구리가 된 것 같았다. 어쩌면 돼지고기 살덩이 같기도 했다. 아무튼 개구리든 돼지고기든 아직은 의식이 살아있다. 근육마다 긴장했고 세포마다 기도했다.

　오른팔 모르게 왼팔은 하인처럼 어두운 일 무거운 일을 감당했다. 생색은 오른팔이 모두 내고 왼팔은 주로 힘쓰는 일을 묵묵히 했다. 지탱하고, 들고 있고, 기다리고, 인내를 가지고 오른팔 반대편에서 소리 없이 긴 침묵을 지켰다. 이제 와서 왼팔이 찢어지는 비명을 지른 건 나와 같이 살아가기 위해서였다.

　서릿발 내린 수술장에서 나는 세 번째 대기자였다. 무인도에 도착한 느낌이었다. 해변이라면 하늘에서도 보이게 '사랑해 고마워'라고 쓰고 싶었다. 세 번째 순서라서 기다리는 게 오히려 편했다.

　육십으로 보이는 아저씨가 나의 왼쪽에 누웠다. 호명에 답하는 소리가 들렸다. 의사의 질문이 이어졌다.

　"성함이 어떻게 되시나요?"

"박철민입니다."

"수술 받는 곳은 어디십니까?"

"오른쪽 무릎입니다."

나처럼 어깨 환자인 줄 알았다. 다양한 수술이 그 방에서 이루어졌다. 모르는 사람이지만 잘 되길 빌었다. 그리고 동병상련의 마음이 드니 저절로 위로가 되었다. 다음 호명이 들렸다. 가슴이 철렁 내려앉았다. 55세쯤 돼 보이는 아주머니였다. 수술 받는 부분이 허리라고 했다. 마취 주사를 맞고 혈압을 재고 수술실로 들어가는 모습이 쓸쓸했다.

같은 병원에서 비슷한 시간에 생명을 지키려고 서로 다른 수술을 받지만 '동시수술동아리'라도 만들고 싶었다. 모두 성공해서 종로3가 할리우드 극장 옆 길거리 포장마차에서 저녁 8시경 두 달 후 건강한 모습으로 닭똥집에 소주 파티라도 열고 싶었다. 수술 성공을 자축하는 날이 왔으면 좋겠다. 술값은 내가 내어도 아깝지 않겠다. 빨간 뚜껑 소주에 막걸리를 말아 몸을 위로 하고 싶었다. 그런 날이 올까? 아무튼 혼자라도 기꺼이 달빛의 황홀함을 만끽하고 자축하고 싶었다.

이제 내 차례였다. 무인도에 혼자 갇혀서 야자를 깬 느낌이었다.

"성함이 어떻게 되십니까?"
"김수미입니다."
"어느 쪽 어깨를 수술하십니까?"
"왼쪽 어깨입니다."
"예, 마취주사 들어갑니다."
나는 가만히 듣고 있었다.
왼쪽 발목이 채워지는 느낌이 들었다.
"혈압을 잽니다."
그리고 아무 소리도 안 들렸다. 생각이 지워졌다. 생각이 지워지기 직전 잠깐 내 의식은 이렇게 지나갔다.

내 의식이 그저 천장만 마주하고 있다. 엑스레이에서 힘줄은 검은색으로 보였다. 내 어깨는 하얗게 터진 실처럼 보였다. 관절경 내시경이 어깨를 두루 산책했다. 너덜너덜해진 힘줄들이 해파리처럼 춤을 추고 있고 의사는 벌레가 빵을 발라먹는 느낌으로 기계를 통해 뼈를 정리했다. 하얀 벌레 같은 힘줄은 모두 제거되고 이발사가 머리를 깎듯 정리가 끝났다. 어느 정도 실이 꼬이지 않게 하고 장력을 잘 조절하며 실을 유지해 주면서 꼼꼼히 바느질했다. 실을 고정한 뒤에 좋은 모양이 되도록 잘 봉했다. 엑스레이 사진에서, 이제부터는 검은

색으로 탄탄하게 보였다. 주로 뒤쪽에 있는 것도 잘 확인하여 구멍을 만들었다. 일상을 생각하며 수직의 각도가 되도록 했다. 근육의 손상이 적도록 당기며, 기구를 조절해 가며, 붉고 흰 것들을 밀고 당기면서 하나하나 고정했다. 뒤쪽은 작은 기구를 사용하며 살짝만 잡아두고 기구와 실이 바쁘게 움직이며 어깨를 잡아주었다. 조명 아래에서 혈압과 맥박이 그려진 화면 아래에서 산소 포화도가 알맞은 채로 쉰 살 하루는 오후를 보내고 있다. 무인도에서 갇힌 채 무의식 속에서 파도 소리를 들으며 나는 의사들에게 몸을 맡겼다. 수술 전 돌아가신 부모님이 무척 보고 싶었는데 지금쯤 부모님이 지켜보실지도, 혹은 하늘에서 딸을 위해 기도하고 계실지도 모르는 시간이 냉정히 흐르고 있다. 내 감각이 잠을 자는 동안 오십 년의 움직임이 멈추었다. 기계들이 나를 지키고 동맥과 정맥의 압과 혈류량이 감시되고 있다. 1cm의 구멍이 네 개 뚫리고 관절경은 내 몸을 샅샅이 훑어본 뒤에 나사를 어깨뼈에 박고 나사에 달린 실로 봉합하여 말려 들어간 힘줄을 원래 힘줄에 봉합했다. 힘줄아, 잘 붙어 다오. 수술은 그렇게 구십 분 간 진행이 되어 끝났다. 회복실로 옮겨지고 두 시간 정도 회복 시간을 거친 뒤에 수술실을 당당히 빠져나왔다.

무인도에서 해변을 바라보고 있는 큰 바위에 쓰고 싶었다.

"김수미는 수술실에서 살아 나왔습니다. 고마워요."

살아 있어서 감사했다. 바다에서 헤엄치는 물고기가 되었다. 이제 고향으로 가족이 있는 품으로 한 마리 물고기가 되어 가고 있었다.

수술 후 시시각각 엄습하는 통증 때문에 무통주사를 목에 걸고 아플 때마다 버튼을 눌렀다. 어깨엔 가방만 한 보조기가 매달리고 얼음주머니, 빨간 찍찍이와 검은 찍찍이가 함께 있었다. 빨간 찍찍이는 절대로 탈착하지 않아야 했다. 두 시간 얼린 얼음으로 상처를 위로하고 수시로 걸으며 인생을 꼭꼭 밟아 보았다. 병원 복도에 링거를 매달고 팬티도 없이 바지 한 장 걸치고 브라도 없이, 어깨 리본 옷을 입고 새로 잡은 내 생명에 불씨를 피웠다. 통증이 밀려올 때는 근육들이 내게 말을 거는 것 같았다. 근육도 우는 걸 나는 알았고 근육도 위로가 필요했다. 나는 아픈 팔을 살짝 감싸고 함께 울어 주었다.

담당 의사 선생님이 왔다. 나에게 생명을 다시 준 것 같았다.

"좀 어떠세요?"

"예, 좋아요. 아직 몸은 좀 아프지만 마음은 다 나은 느낌입니다."

"네, 좋습니다."

의사 선생님의 뒷모습에 나는 고개를 숙여 감사를 표했다. 머리끝부터 발끝까지 감사했다. 수술 후 팔은 물에 젖은 빨래 같으며 팔 상태가 생각했던 것보다 심각했다. 앞으로 나란히 동작은 언감생심 힘들었고 내 속옷 팬티도 내 손으로 올릴 수 없다니! 내 브래지어도 풀 수도 없다니! 내가 조바심을 내자 의사는 너무 무리하지는 말고 하루에 5도 혹은 10도씩 충분히 시간을 두고 천천히 어깨 들어올리기 운동을 하라 했다. 차렷 자세가 90도이고 180도까지 나는 들어 올려야 했다. 바이올린 협주곡을 연주하는 파가니니처럼 나도 열심히 운동을 마치고 내 인생의 무대에 다시 올라 "축하합니다. 축하합니다. 수미의 생환을 축하합니다."를 다시 연주하고 싶었다. 바이올린을 못 켜니 피아노라도 아주 열정적으로 선율들을 연주하고 싶었다.

퇴원 첫날 어깨운동기구(Shoulder Continous Passive Motion Machine)를 대여했다. 퇴원과 함께 운동기구가 집으로 함께 따라왔고, 꼭 나를 위로하는 친구 같아서 좋았다. 90도에 첫 각도를 맞추고 아래위로 기계가 내 팔을 잡고 오르락내리락했다. 더 이상 외롭지 않았다. 기구는 내가 누르면 언제든 나의 왼팔을 훈련시켰다. 근육의 떨림이 느껴지는데 때로는 많이 아팠고 때로는 시원했다. 내 몸 안에서도 참 느낌이 다양하다는 걸 알았다. 5도를 올렸다. 5도에도 근육은 비명을 질렀다. 팔은 물에서 꺼낸 블라우스처럼 팔 한 개가 축 처져 있다. 오른팔이 모든 일을 대신해야 했다. 화장실에서 속옷을 못 올리니 고무줄 바지를 입었다. 그래도 여자라서 꽃무늬를 택했다. 지루한 근력운동기가 삼십 분간을 상하로 움직여줬고 나는 기계와 함께 영화 『어벤져스』를 보았다. 하루하루가 더디게 갔고 그중에서도 오후 두 시가 제일 시간이 천천히 흘렀다. 여섯 번의 물리치료를 기계와 하며 사람이 아닌 물건 앞에서 나는 지루한 시간을 보낼 무언가를 찾아야 했다. 책에 밑줄을 쳐 가며 연구하듯 읽었다. 어려서부터 펜을 잡고 뭐라도 쓰고 그리던 생각이 났다.

 지루해도 무인도에 파도는 치고 밤은 오는 법. 어찌 되었든 노래를 불러야 했다. 혼자 놀아야 했고 혼자 아파야 했다. 혼자 극복해야 했고 혼자 운동해야 했다. 누군가 대신 아플 수도 없었고 지루한 오후는 공포영화가 좋았다. 무서워서 보다 보면 시간이 금방 가고 잡념이 사라졌다. 참 신기했다. 영화가 끝나면 아무 일 없는 일상의 시간이 행복하게 느껴져 좋았다.

온몸에 암이 퍼져 몇 년 전, 생을 마감한 내 친구 채영이가 오늘따라 그리웠다. 대학 캠퍼스에서 별이 쏟아지는 밤에 기타를 치며 7080노래를 하곤 했다. 자궁암 세포가 콩알만 할 때 대체의학에 몸을 맡기고 현대의학을 거부하고 치료를 하지 않았다. 우리 기타동아리 친구들은 채영이를 설득하려고 노력했다. 의술을 받아들이고 목숨을 지켜보자 설득했다. 암세포라 판명되었을 때 의사들은 초기이니 수술을 권했다. 일 년에 네 번 만났는데 여름 모임에선 5개월 임신한 배만큼 컸다. 가을 모임에선 배가 럭비공만 했다. 의사는 아니지만 채영이 몸이 심각함을 알았다. 세상에 그렇게 안타까운 일이 있을까? 대부분은 수술 날짜를 앞당겨서라도 암세포를 떼어내는데 채영이는 달랐다. 끝내 채영은 수술을 하지 않다가 만삭만 한 암세포가 되어서야 움직일 수 없으니 암덩어리를 꺼내 달라고 했다. 서울S병원에서 겨우 수술로 암덩어리를 꺼낸 후 방사선 치료를 거부하고 집으로 퇴원했다. 의사도 놀라고 하늘도 놀라 땅이 무너져 내렸다. 나는 채영이와 병은 다르나 대체의학도 모르고 지식도 많지 않아 그저 병원에서 의사가 하라는 대로만 할 뿐이었다. 채영이의 용기가 부럽기도 했지만 가는 길이 다른 것이었다. 나는 지금 수술로 어깨를 살려야 했다. 의사가 신이라 생각하며 따르면 건강은 자연스럽게 따라오리라. 의사가 나에게는 신이었다.

  시들은 꽃이 옆에 있으니 싫었다. 나도 왠지 시들까 봐 겁이 났다. 싱싱한 꽃과 식물만 곁에 두었다. 꽃도 위로가 많이 되기 때문이었다. Bob dylan의 「Blowing in the wind」를 들었다. 노래를 들으며 나의 어깨도 잘 낳게 하는 것은 바람만이 알 거라는 생각이 들었다. 기다리고 조심하면 웃는 날이 올 거라고. 나는 바람 앞에서 다짐했다. 가방만 한 보조기를 머리와 허리에 끈을 매어 몸에 고정했다. 세 시간마다 어깨에 얼음을 갈아 끼우고 각도 조절이 된 상태로 몸을 보호했다. 보조기에 왼팔이 갇혀 있었다. 평소에 좋아하던 도종환 시인의 「담쟁이」가 유달리 와 닿았다. 나의 왼팔이 창밖에 피어나는 담쟁이처럼 생명력이 생기길 간절히 바랐다. 어제와 다른 오늘의 근육은 또 새 아침을 맞았다. 6주만 참으면 되었다. 일 년 후 이십 프로의 환자가 재수술을 받기 때문에 나는 열심히 잠잘 때도 풀지 않았다. 잠시 움직일 때도 되도록 각도를 유지하며 근육을 쭉 늘려서 어깨뼈에 고정했다. 재수술을 안 하려면 보조기를 24시간 꼭 착용해야 했다. 그래도 상하로 어깨를 움직일 때는 잠시라도 보조기를 벗을 수 있어 좋았다. 2주간 얼음을 자주 갈고 물리치료를 하니 어제보다 오늘은 5도 만큼 좋아지는 듯했다. 자극도 줄이면서 운동을 해야 하니 좀 헷갈리기도 했다. 움직이자, 움직이지 말자, 이 두 행동을 24시간 6주를 해야 했다.

  내가 걱정을 안 해도 세월은 잘도 갔다. 아프든 말든, 울든 웃든, 낮과 밤은 어김없이 오가고 무인도의 파도도 열심히 쳐댔다. 365일 파도가 치듯 나 또한 그랬다. 무덤덤한 하늘처럼 구름처럼 바람처럼, 기계에 팔을 얹으면 운동은 절로 되었다. 때로는 순리대로 받아들이고자 하면 인생이 쉽기도 했다.

  힘줄을 꿰맸으니 근육과 힘줄을 연결한 말단 부분을 나는 보호해야 했다. 회전근개 힘줄을 뼈에 온전하게 이었으니 내 몸에 실이 들어 있었다. 뼈와 근육에 연결된 실이 나를 지키고 있었고 뼈와 근육이 모두 안정되면 봉합된 실은 몸속에서 스스로 녹을 거였다. 나사로 팠던 구멍에 개조개처럼 들락날락 관을 삽입해 내 속을 내시경은 모두 들여다보았다. 회전근개뼈 위에 견봉뼈의 자란 뼈를 살짝 깎아 내어 전동기계로 정리해서, 아픈 만큼 구멍을 내니 나는 네 개의 구멍을 낼 만큼 아픈 것이었다. 4개, 숫자 4를 좋아한다. 남들은 불길한 숫자라고 싫어하지만, 나는 야구의 4번 타자의 역할을 생각하면 4는 행운의 숫자라고 확신한다. 갈고리 방향의 바늘이 반대 방향의 힘줄을 꿰맨 것처럼 나도 갈고리바늘처럼 반대로 생각도 하며 나를 달랬다. 잡아당긴 실을 고정하고 나사못을 고정하였듯이 나는 5도를 올리기 위해 나사못같이 나를 바르게 고정하려 노력했다.

  수술 시간 동안 나는 이 세상에 존재하지 않았다. 내가 어디를 갔다 왔는지 소중한 사람들은 모두 잘 있었는지 나의 오십 년이 완전 흰 눈에 덮인 시간이었다. 눈 덮인 시간을 헤매다가 추석에 돌아가신 나의 어머니를 조우할지도 모르는 일이라고 생각했다. 지난 추석 깊은 절망이 깔리고, 어둠은 우리 가족에게 무거운 침묵으로 왔다. 손도 닿지 않는 곳에 어머니는 이미 다른 세계에 계셨다. 나는 마취를 하면 혹시라도 무의식에서라도, 혹은 꿈에서라도 어머니를 볼 수 있지 않을까 기대했다. 또 일 년 후 어머니를 따라 하늘로 올라가신 아버님도 함께 보고 싶었다. 양복 입고 성경 들고 일요일 날, 교회를 가시던 아버지의 간절한 기도가 너무 그리웠다. 어차피 인생은 오늘, 지금이 선물이라고 하지 않았나? 사랑하는 가족이 나의 버팀목이 되었다. 학교 다니는 두 아들이 있어 나는 더 나를 챙기고 싶었다. 건강만큼은 챙기고 싶었다. 아이들 엄마로 짐이 되고 싶지는 않았다. 일어서자. 걷자. 거친 들판이라도 꽃 한 송이 예쁘게 다시 피워보자고 다짐했다.

몸이 힘들 때는 힘들게 살았던 가수의 노래가 더 감동적이었다. Bob Marley의 「No Woman No Cry」가 내 어깨의 눈물을 닦아주는 것 같았다. 모닥불을 밤새 피워 올리듯 팔은 고정돼 있어도 생각은 오히려 자유의 날개를 달았다. '여인이여 울지 마세요' 라고 Bob Marley가 열심히 노래를 불러주었다. 하루 종일 115도에 동행을 해 주었다. 노래의 힘은 참으로 위대했다. 노래를 들으면 나의 통증도 사라지니 마술과도 같았다.

여고 동창들이 월악산으로 1박 2일로 여행을 간다고 했다. 난 어깨 수술한 걸 백이십 명의 단톡에 올리고 싶지 않았다. 단톡엔 그저 좋은 이야기만 있었으면 하기 때문이었다. 오늘은 120도를 들어 올리고 있었다. 180도가 목표이니, 목표의 삼분의 이를 달성한 거였다. 너무나도 지루한 하루는 아무리 힘들어도 가긴 갔다.

근육이 깨어 있어 늘 나와 대화를 했다. 안 아플 때는 있는 줄도 모르고 살았는데 아프고 나니, 아픈 근육이 내 몸의 중심이 되었다. 사자가 토끼를 잡을 때도 전심전력하듯 과자 봉지 하나도 전력을 다해야 뜯어지는 것에 놀랐다. 사과 한 박

스도 번쩍 들고 가구도 혼자서 이 방 저 방 옮기며, 황소같이 살던 시절이 후회가 되었다. 누가 시키지 않아도 팔굽혀 펴기를 이십 년 간 열심히도 했다. 내가 짊어져야 할 무게보다 더 짊어진 난 지난날을 생각하며 다시 나를 세우려 했다. 어깨가 기도를 하듯, 나는 기도하는 마음으로 피아노로 찬송가를 연주했다. 어깨는 못 움직여도 손가락은 움직일 수 있었다.

 의사 선생님을 만나러 병원을 갔다. 엑스레이를 찍고 피검사를 했는데 결과가 모두 좋았다. 3주간 더 보조기를 차고 있으라 하니 다시 왼팔은 감옥에 갇히고 지루한 왼팔이 하품을 했다. 아픈 건 참겠는데 지루한 건 참기가 힘들었다. 독서를 하고 영화를 보고 글을 써 보고 시낭송을 하고, 꽃도 가꾸고 노래도 하고 그래도 하루는 느리게 갔다. 병원 오가는 길에 난 윤동주 시인의 「길」을 반복해서 들으며 병원에서 돌아왔다. 마치 첫 줄에서 '잃어버렸습니다'란 구절에서 난 왼쪽 어깨가 떠올랐다. 윤동주가 찾는 것은 무엇일까? 나도 길 위에 서 있었다. 새끼를 돌보러 온 무인도 해변의 거북이가 보고 싶어졌다. 나는 거북을 그려보았다. 겸손한 거북, 힘 있는 거북, 거센 파도에 흔들리지 않는 거북으로 우뚝 서야겠다.

 팔 올리는 기계 옆 탁자엔 내가 오른손으로 할 수 있는 일이 기다렸다. 그러면 30분 운동이 재미있었다. 오늘은 일본 영화 「천국의 책방」을 보았다. 피아니스트로 살던 사람이 죽어서 천국을 갔다. 각자 억울하고 우울해도 인생을 100세로 보고 20세에 죽으면 80년을 천국에 살다, 100세 되면 다시 태어나 아기로 이 세상에 온다는 이야기였다. 저기 천국 가면 먼저 간 가족들이 있을 것 같았다. 만약에 만나면 난 무슨 말을 할까? 일단 꼭 껴안고 아무 말 없이 하룻밤을 엄마 아빠랑 자고 싶었다. 대화는 다음 날 해도 좋겠다. 그리운 부모님이 사무치게 보고 싶었다. 이렇게 아파 가면서 나이를 먹는 것인가 생각했다. 내가 좋아하는 피아노가 천국에서 자꾸 연주되었다. 죽을 때는 내가 좋아하는 피아노 악보를 가져가야 하나? 그래도 피아노를 칠 수 있다면 매일 인생을 노래하고 싶었다. 가지가지 사연들이 각각 천국에 와서 경연하며 천국에서는 모두 평등하게 어우러져 살았다. 영화라도 평등하다면 병들고 아프고 죽는 것은 억울할 건 없는 것 같았다. 그런데 천국에도 밀당이 있어, 서로 질투하고 미워하고 사랑하고 이곳과 똑같았다. 반성도 하고 후회를 하면서 이승을 회상했다. 되돌릴 수 없는 시간에 몸서리를 치며 괴로워했다. 천국에도 바다가 있고 바람이 불어서 좋았다.

  영화를 보면서 5도를 높였다. 돈이 없어도 천국에서는 만난 음식과 커피를 마시며 시간을 보냈다. 뒤돌아보는 걸 보면 누구나 지나온 시간을 아쉬워한다. 불타는 장작이 정신없이 시간을 태우고 있었고, 연기 사이로 하늘이 갈라지고 있었다. 마음이 찢어지고 있었다. 때론 그런 게 인생인가 보다. 영화 보는 동안 기계는 140도를 오르내렸다. 채영이도 천국에서 여전히 기타를 치며 노래를 부르고 있으면 좋겠다. 좋아하는 사람 만나서 100년을 채우고 예쁜 아기로 태어났으면 좋겠다. 보고 싶다. 친구야 내 친구여서 고마웠어.

두 번째 병원 가는 날, 비가 내렸다.
"환자분께서는 경과가 매우 좋아요. 하지만 집에서 가까운 재활병원에 가서 물리치료를 병행하면 일상생활로 더 빨리 돌아올 수 있어요."
의사가 말씀하셨다. 곧바로 동네 재활의학과에 등록했다. 동네에서 물리치료를 받은 지 일주일이 되었다. 오늘도 물리치료사 김 선생님은 반갑게 나를 맞았다.
"수술 이후에는 관절의 강직 및 재파열의 합병증이 발생할 수 있으며 재활치료의 여부에 따라 예후 및 회복에 크게 차이가 날 수 있어요."
물리치료사 김 선생님은 친절하게 반겼다. 며칠 사이 어깨 관절의 유연성과 운동성 증진 재활은 많이 호전을 보여서 팔

꿈치 사용이 가능해졌다. 물리치료사 김 선생님은 진자 운동과 수동적 거상 운동을 한 번에 20회씩 하루에 5회 정도 시행해 주었다. 김 선생님 덕분에 어깨높이까지 올리게 되었다. 감사했다. 이제는 재활치료를 하면서 본인의 사생활 이야기를 할 만큼 친숙해졌다. 아내가 간호사인데 주말 부부이며 40대 중반에 아이가 없다 했다. 나는 스트레스를 받을 때 노래방에서 한 시간씩 노래 부른다고 했다. 김 선생님은 학교 다닐 때 합창반을 했고 노래가 취미라 저녁에 노래방에 함께 가자고 했다. 딱히 약속이 있는 것도 아니고 노래를 좋아하니까 동네 노래방에서 7시에 만나기로 했다. 나훈아 「사랑」을 부르고 있는 사이 김 선생님이 도착했다. 맥주 2병과 통닭이 함께 따라왔다. 나는 말했다.

"환자가 술 먹으면 안 되잖아요."

"누가 안 된다고 하던가요? 수미 씨는 이젠 하셔도 돼요."

우리는 단숨에 2병을 비웠다. 모처럼 먹는 술은 달아서 꿀맛 같았다. 한동안 술을 입에 대지 않아서인지 취기가 많이 올랐다.

"노래 선곡하세요."

"김 선생님 먼저 하세요."

"아니에요, 재활환자 우선이죠, 노래를 너무 잘하시던데요."

노사연의 「만남」 첫 소절이 채 끝나기도 전에 김 선생님은 나를 뒤에서 자연스럽게 안으며 율동을 했다. 이어서 그의 손은 재활치료하듯 겨드랑이 안으로 들어왔다. 탱탱한 젖무덤에 두 손을 비비는데 유두가 단단해졌다. 김 선생님의 단단한 물체가 엉덩이 골짜기에 닿았다. 김 선생의 숨이 거칠어지고 무언가 축축해져 오고 있는 것을 느꼈다. 김 선생님의 손은 자유로웠다. 그때 나는 정신이 번쩍 들었다. '이게 뭐지?' 무언가 잘못되었다는 것을 알았다.

"김 선생님 잠깐만요, 이건 재활치료의 범위가 아닌 것 같아요. 그동안 감사했어요."

짧은 인사를 뒤로하고 나는 노래방을 나왔다. 아직 취기가 남아있었으나 바깥 바람이 너무 시원하게 감쌌다. 한없이 나약해진 자신을 발견했다. 누구를 원망하고 싶은 생각은 없었다. 김 선생님이 내면 깊숙한 곳에 감춰둔 상처까지 치유하며, 온몸의 감각이 요동쳐오는 느낌까지 재활치료하려고 했던 것으로 위안을 삼았다. 동네병원의 재활 운동은 거기까지였다. 비는 여전히 내렸고 마음이 혼란스러웠다. 아픈 마음도 오늘의 노래방 재활치료도 모두 씻기어 내려가기를 기도했다.

비는 내리고 4개의 옥타브를 오르락내리락 노래를 감동적으로 부르는 Aretha Franklin이 생각났다. 비 오는 날이면 더 좋았겠으나 재즈 풍으로 부른 그녀의 노래가 듣고 싶었다. 어둠이 내리는 밤에 맥주 한 잔을 마시며 노천카페에서 오가는 사람들의 표정을 함께 느끼고 싶었다. 팔은 기계에 매달려 있으나 생각은 오늘도 자유의 날개를 달았다. 그녀 노래를 함께 불렀다. 참 행복했다. 나는 다음에 할 수 있는 일을 찾았다. 길거리에서 피아노 연주를 하고 싶었다.

이 년 전 나는 동대문역사문화공원에 친구와 갔다가, 피아노를 보고 길거리공연을 다섯 곡 정도 했었다. 지나던 사람들이 삼삼오오 모여들어 노래를 부르고 좋아했었다. 특히 아주머니 아저씨들이 좋아했었다. 더없이 좋은 추억이 되었다.

다시 150도에 집중했다. 시간이 잘 치료하길 바라며 눈이 절로 감기고 기도했다. 기도도 절실할 때 더 진지했다. 친정 아버지가 수술을 하시기 전 간절히, 그렇게 간절히 기도한 적이 없는 기도를 했었다. 기도도 간절함이 각각 다르다는 걸 알았다.

세계적인 소프라노 조수미가 동료들과 삶의 기적이라는 「Life is a miracle」곡을 여러 개 언어로 불렀다. 다양한 슬품을 가진 다양한 언어의 노래가 차가운 겨울바람도 녹는 것 같았다. 아픈 팔도 따뜻한 노래 '예전으로 돌아갈 거야'라는 대목에서 근육들이 희망으로 펄쩍펄쩍 뛰었다. 나는 노래를 들으며 시간의 위로를 받고 있었다.

뒤돌아갈 수 없는 인생 열차에서 창밖을 바라보았다. 노란 들꽃은 늘 그 자리에 있고 목련 나무도 오롯하게 그 자리를 지키고 있었다. 세상에 변하지 않는 게 없으니 억울할 것도 없지만 세월은 참 빨랐다. 인생이 백 년이라 해도 남은 삶이 오히려 더 적어졌다. 아파하는 길, 늙어 가는 길에는 아련한 그리움이 매일매일 생겼다. 오늘이라는 경계선에서 어제와 내일 사이에서 추억과 미래가 서로 바라보고 있었다. 철봉을 잡고 몸을 360도를 회전하듯이 매일 오늘을 돌려야 했다. 언제나 한가하게 흐르는 세월에 인생 열차는 눈을 맞고 비를 맞았다. 때로는 쓸쓸히 내리는 비도 말없이 맞았다. 열차에서 내리면 끝이었다. 옆에 있는 사람과 만난 음식 먹고 즐거운 대화를 나누며 인생 열차가 떠나가도록 박장대소하며 웃어야겠다.

바이올린 소리가 바람처럼 들리는 너른 벌판에서 명상을 했다. 팔은 기계에 있지만 평화를 찾아 벌판을 걷고 있었다. 만남은 짧고 늘 혼자이니 꽃향기를 내어 사랑하는 이에게 꽃

편지라도 써야겠다. 흙을 던지면 먼지가 돌아올 테니 웃음을 담은 꽃향기를 보냈다.

　나의 키는 165.4이다. 오늘 각도는 165도이다. 머리를 넘어 푸른 하늘로 수천 미터를 날아야 했다. 이대로 끝이 아니고 잠시 멈춤으로 숨고르기를 하고 있었다. 마음을 순하게 가져 너른 하늘을 만들고 싶었다. 천 년을 공들여 태어난 인생이라 했나? 한 걸음 한 걸음 생명을 소중히 여겨 얼음판 걷듯 조심조심 걸었다. 죽음이란 하늘의 운명이니 자연스럽게 성스러운 오늘일지라도 팔이 아픈 채로 즐겁게 받아들였다.

　나는 늘 일곱 살 여자 같다는 생각을 했다. 성인이란 생각은 마흔이 되어서였다. 어른 속에 있는 어린 일곱 살 아이는 아프리카에서 코끼리를 꼭 보고 싶었다. 갈퀴가 어마어마한 사자와도 한 공간에서 하늘을 보고 아프리카의 바람을 느끼고 싶었다. 드디어 비행기에 올라타던 그때 그 순간들, 왜 이리 엉뚱할까? 동물한테서는 사람이 보이기 때문이었다. 새끼를 낳고 젖을 먹이고 365일을 살아내는 것이 사람이나 동물이나 모두 들판의 짐승이 되듯 살아내는 것 같아서였다. 그래서 인생은 더 살맛이 났다. 한 번만 사는 거라 더욱 소중했다.

　어깨가 확 꺾이는 듯 몸에 열이 나고 이마에는 땀이 송골송골 맺혔다. 몸속이 울고 있으니 혼자 어깨를 토닥토닥 어루만졌다. 따뜻한 정을 느꼈다. 함께 하면 좋은데 어느 누구도 대신 아파해줄 수가 없었다. 아이들을 기를 때 열이 나는 밤이면 나는 몸이 닳았다. 차라리 스스로 아프고 싶었다. 감기가 오면 아이가 7일을 아파야 낫고 눈병이 생기면 9일을 아파야 건강이 회복되었다. 그래 아이들도 모두 스스로 아프고 스스로 이겨내었었지.

고지가 보였다. 180도가 목표이니 고지에 깃발이 보였다. 유치완의 「깃발」처럼 소리 없는 아우성일까? 어딘가를 향해 깃발은 소리 없이 흔들리고 있었다. 하나의 깃발로 기계에 팔을 걸고 희망을 날리고 있었다. 고향이 그리워 깃발은 손을 흔들고 순수한 맘으로 백로처럼 슬프기도 하지만 꿈을 품고 신에게로 가려고 바다를 걷는 깃발인 것이었다. 바다 향을 맡으며 방파제에 앉아, 오징어 한 접시에 소주 한 병 걸치고 싶었다.

회전목마처럼 인생이 굴러갔다. 밤하늘에 깜빡이는 불빛처럼 살다가 별이 되어 멋진 시를 쓰려고 노력을 했다. 타인과의 갈등은 오히려 해결이 쉬웠다. 마음을 비우고 "고마워" "잘 했어" "미안해" 하면 편안한 관계가 되었다. 제일 힘든 것은 스스로 잘 어울리고 아름답게 삶을 영위하는 것이었다. 때론 까다로워 조화롭게 지내기가 힘들 때도 있었다. 무슨 욕심은 그리 많았는지? 살을 왜 못 뺐는지? 엄청난 식욕은 도대체 무엇이었는지? 밤마다 찾아오는 그리움은 뭐였는지?

180도를 움직이면서 ABBA의 노래 「I have a dream」을 들었다. 5주째가 다 되어 조만간 근육은 몸의 레프트 윙으로, 좌측을 지킬 것이다. 회전을 위한 물리치료를 계속하려 했다. 고무줄이 있을 때는 고무줄을 이용했고 도구들이 없으면 맨손으로라도 올바른 방향으로 움직였다. 일상생활에 지장이 없도록 잃어버린 옛날 각도를 찾았다. 말려들어 움츠리는 어깨를 펴주는 운동을 했다.

길고 지루한 시간이었지만 몸도 마음도 경험해 보지 못한 다른 체험을 했다. 아주 소중한 시간이었고 자신을 돌아볼 수 있었다. 멀리서 거울을 바라본 시간이었다.

지금까지 나는 감옥에 갇힌 듯 어깨를 어루만지고 마음을 다독였는데, 이제는 외출을 시도했다. 너른 들판에 흔들리는 들꽃이 될 시간이었다. 꿈을 찾았다. 하루하루를 싱싱한 꽃잎이려면 바람도 햇빛도 그대로 받을 터. 더 이상 망설임은 없었다. 화장을 마친 나는 새 옷으로 갈아입었다. ✶

— 제158회 《월간문학》 신인작품상 수상 2021년.

십 장 생
ㅅㅣㅂㅈㅏㅇㅅㅐㅇ

십장생 우정이 환갑을 지나 달무지개의 축복을 받았다

십장생

 환갑잔치는 인생의 만수무강과 생기복덕을 축원하는 큰 행사였다. 한국인의 평균수명이 이미 팔순을 넘었고 장수 시대에 접어들면서 환갑잔치는 자취를 감추었다. 하지만 회갑의 나이테 앞에 서면 희비가 교차하지 않는 사람이 어디 있겠는가. 아무튼 환갑은 생의 발자취를 돌아보고 인생 2막을 열어야 한다는 점에서 전환점인 것이다. 하늘이 선물로 내려준 인생 2막의 출발점. 이 생애에서는 더 의미있게 살아봐야 하지 않겠는가. 세 친구의 유일한 공통분모인 고향. 어린시절 유년의 시간과 동심의 세계를 열어주던 그리운 고향으로 환갑여행을 가기로 한 것이다.
 어머니 품속같이 반겨주고 고단했던 60년 갑자(甲子)의 세월을 보듬어 준 고향. 제천 월악산 1박 2일의 환갑여행은 열 명의 친구가 줄고 줄어 세 명이지만 소풍처럼 모두가 설레었다. 욕쟁이 '우원'이 거칠게 포문을 연다.

"'개시키'는 통 전화가 안 되네. 시베리아 벌판에서도 얼어 죽지 않을 놈인데."

"그러게 말여. '개시키'는 평생 욕을 먹고 살았으니까, 십장생 중에 가장 명이 길 것네."

호식이 혀를 끌끌 차면서 맞장구를 친다.

"우리 세 명이 환갑여행을 가는 것도 감사한거여. 그놈들 몫까지 싣고 가 보자."

이번 여행의 운전을 맡은 창석이가 운전석에 오른다. 친구들도 따라서 차에 올랐다. 친구들 모임에는 친구들끼리만 통하는 공통 언어가 있게 마련이다. '개시키'란 어린 시절 개처럼 철딱서니 없었던 '호경'의 별명이었다. 술만 먹으면 친구네 집 철문을 늘 발로 차고 도망간다고 해서 '우원'이 지은 별명이었다. 죽마고우 열 명이 오래오래 죽을 때까지 우정을 간직하자는 모임을 결성한 것이 스무 살 때였다. 그해 12월 제천 월악산 송계산장에서 송년회를 하면서 결성한 죽마고우들의 도원결의였다. 욕쟁이 '우원'의 제안대로 열 명의 불알친구가 모였으니 모임 명칭은 '10불알'로 하자는 것이었다. 그때부터 이 모임은 '십불알' 읽히는 대로 '씨불알'이 되어버렸다. 그러다보니 주변에서 매우 듣기가 민망했다. 시쳇말로 '좀 거시기' 했다. 생년월일이 가장 빠른 맏형격인 '호식'이가 언어순화를 명분으로 '십장생'으로 명칭을 변경했다. 적어도 백 살까지 모두 장수하며 변치 않는 우정을 간직하자고 했던 것이다.

원래대로 해, 산, 달, 돌, 소나무, 구름, 불로초, 거북, 두루미, 사슴이 모두 모여야 했지만 40여 년의 세월 동안 불변할 것 같았던 죽마고우들의 우정도 변해버렸다. 40년 전의 일이었지만 초등학교로 거슬러 올라가면 50여 년 전의 모습들을 간직한 친구들이었다. 열 명이 결성된 '십장생'들의 인연은 그리 오래가지 못했다. '사슴'이 가장 먼저 자취를 감추었다. '사슴'은 몇몇 십장생에게 돈을 꾸어 간 뒤 갚지 않고 자취를 감추어버렸다. 아마도 숲속 어디에선가 살고 있으리라. '거북'은 마누라가 '씨불알' 모임을 무척 싫어하여 모임에 못 나가도록 막아버렸다. 인천항 앞에서 생선장수를 한다는 소문이 있었으나 그나마도 소식이 두절되었다. 의과대학을 졸업하고 가장 돈을 잘 벌던 마취통증의학과 전문의 '불로초'는 몇 해 전 스스로 불로초를 혈관에 주사하고 세상을 등졌다. 늘 뜬구름 잡는 허풍으로 즐거움을 선사하더니 어느 날 체육 선생이 된 '구름'. 구름은 체육특기생 대학입시 주선을 하는 중간책을 맡았다가 입시비리로 감옥을 갔다온 뒤 어디론가 잠적해버렸다. '두루미'는 아직도 현직 교수로서 학회 등의 일정으로 바쁘다는 핑계를 대며 잘 나타나지 않았다. '개시키' 호경은 구름에 모습을 감춘 '돌'이었다. 지방에 내려가 있다는 핑계로 역시 나타나지 않았다. 소나무는 연락두절 상태였다. 코찔찔이들의 모습이 엊그제 같았는데 환갑이라니. 환갑여행을 간다고 롯데월드 앞 너구리 동상 앞에 모인 것은 '해' '달' '산' 세 명의 십장생이 전부였다. '창석' '호식' '우원'이었다.

  십장생 중 3장생의 벗들만이 환갑여행길에 올랐다. 호식이가 자신이 운영하는 카페에서 내려온 커피와 빵을 싣고 차에 올랐다. 카페 '샹젤리제'의 커피 향을 맡으며 차 안은 들떴다. 호식의 사위가 갓 구워 낸 '크루아상'은 입안에서도 부드러웠다. 창석이 운전하는 카니발이 올림픽대로를 접어들었다. 사십 년 전 '10불알'이 꿈꾸었던 여행은 아니었지만 남은 벗들의 환갑여행이었다. 기리지 못하는 자는 영원히 우정도 간직하지 못할 것이라고 믿었기에 3년 전 창석은 환갑여행을 제안했었다. 우정조차 커다란 인생의 등불 앞에서 언제라도 위기 상황을 맞는다는 것을 이미 알고 있었다. 그만큼 사는 동안 많은 변수들이 도사리고 있었다. 창석, 우원, 호식은 먼저 세상을 등진 친구와 부인들의 영혼까지 모두 차에 싣고 여행길에 올랐다. 아직은 겨울의 매서움이 남아있는 이른 봄, 바람은 매우 쌀쌀했다. 차는 영동교차로를 지나고 있다. 연초록 새순들이 부지런히 나와서 인사를 한다. 진달래도 개나리도 봄의 기운에 고개를 내밀고 있다. 더부룩한 가지를 정리했는지 머리가 모두 단정하다. 오른쪽으로 한강이 보인다. 구급차 한 대가 시끄럽게 지나간다. 저 멀리 미세먼지가 희뿌옇게 덮고 있다. 마치 세상이 백내장에 걸린 눈처럼 뿌옇다. 올림픽도로를 달리고 있다.

 나뭇가지에는 새 둥지가 여기저기 걸려있다. 차는 정체되었으나 세 명은 어린 시절 소풍가는 것처럼 들떠 있다. 멀리 롯데타워가 서울을 내려다보고 있다. 올림픽대교가 휙휙 지나고 있다. 길동사거리 방향으로 가고 있다. 비가 한 번 쫙 뿌렸으면 좋겠다. 라디오 음악이 흐른다. 가수 패티김의 「너랑 나랑」이 흘러나오고 있다. 중부고속도로 이정표가 보인다. 하늘은 여전히 뿌옇다. 창문을 조금 내린다. 지난 겨울을 보냈던 나무들은 여전히 겨울옷을 뒤집어쓰고 덩쿨도 뒤집어 쓴 채 봄날의 희망으로 서 있다. 그때 우원은 손자 이야기를 꺼낸다. 손자가 영어를 잘한다고 애플을 예쁘게 발음한다는 것이다. 그러나 홀아비가 된 호식이는 말이 없다. 저 멀리 누군가의 산소가 말없이 차창으로 지나갔다. 저 사람은 무슨 희망으로 살았는가? 저 사람은 어떤 행복을 맛보고 살았을까? 살아온 궤적에 따라 저마다 생각은 극명하게 달랐다.

환갑여행의 목적지는 십장생들이 도원결의를 다지던 월악산 송계펜션이었다. 청풍명월을 경유, 수안보온천에서 온몸을 담근 후, 송계펜션에서 하루를 묵고 상경하는 일정이었다. 산수갑산도 먹어야 즐거운 법. 남한강 상류인 청풍의 매운탕 맛집에 들러 막걸리 한 잔을 곁들인다. 점심을 먹고 송계펜션으로 향했다. 우원이 '식후에는 커피를 마셔야 한다'고 하자 이구동성으로 동의한다. 휴게소에 들러서 커피와 호두과자를 먹으며 한동안 수다를 떨었다. 나이를 먹으면 남자는 여자가 되고, 여자는 남자가 된다고 하지 않던가? 남자는 여자처럼 소심해졌고 말은 많아졌다. 반대로 여자는 남자처럼 거칠어졌고 묵직하니 중량감이 더해졌다. 젊은 시절과는 반대로 남자는 여자의 말에 꼬리를 내려야 한다. 갓 구워 낸 호두과자는 바삭거리면서도 촉촉했고 남자들의 수다는 더욱 즐거웠다.

월악산을 굽이굽이 돌면서 돌탑을 돌고 꽃구경도 했다. 냉이꽃 하얗게 손 흔들고 꽃다지 노랗게 손을 흔드는 고향의 봄

풍경이 아름답다. 송계펜션에서 여정을 풀었다.

　창석과 친구들은 야외 스파에 몸을 담근다. 옷을 벗어 던지고 친구들은 환갑이 된 몸을 스파로 위로한다. 스파를 마치고 난 친구들은 '남자는 술이지'라며 술을 찾는다. 호식이 요즘 즐긴다는 칠레산 와인을 한 잔씩 돌린다. 봄바람에 취하고 와인에 취한다. 물푸레나무, 개옻나무, 싸리꽃나무가 봄의 시를 쓰고 있다. 친구들의 담소가 이루어진다. 저녁메뉴는 '민들레가든'에서 춘천닭갈비를 먹기로 했다. 이어 코고는 사람의 침대 배정 문제, 밤의 술안주거리 등 사소한 문제도 흥밋거리였다. 봄 날씨임에도 월악산은 쌀쌀했다. 희망 온도를 22도로 맞추고 이야기의 꽃을 피워도 대리석은 여전히 차갑다. 나이가 들어서인지 자꾸만 따뜻한 온돌을 찾았다. 밤이 되자 세 친구는 모닥불 앞에 모였다.

　밤이 허리까지 내려온 것 같다. 그리운 음성이 새소리일까? 점점 새소리도 사그라들고 있다. 나이가 들면 친구란 인생길에 서로에게 불 밝혀주고 지켜주는 등대 같은 것이라고 창석은 생각했다. 슬픔은 슬픔대로 위로하고 기쁨은 기쁨대로 함께하고, 친구는 바다의 등대요, 어두운 밤에는 가로등 같은 존재가 아닐까? 소맥 폭탄주가 들어가고 블루투스에서 음악이 잔잔히 깔린다. 산이 친구들을 품고, 친구들은 산에 안기어 모닥불 앞에서 술을 마셨다. 일장춘몽(一場春夢) 같은 캄캄한 하룻밤이 월악산에서 스러진다. 친구가 좋고 추억이 좋고 오늘만큼은 상처받은 영혼도 위로를 받아야 한다. 단 하루만이라도 자유로운 영혼이고 싶어진다. 누구의 아버지도, 누구의 배우자도, 누구의 아들딸도 아닌 창석, 호식, 우원의 삶 그 자체. 앞으로 전개될 백세인생에서 과연 멋진 삶을 영위할 수 있을까? 걱정이 앞선다. 그러나 세월은 흐르고 시간은 기다려 주지 않는다. 뒤도 돌아보고 앞을 내다보려고 모닥불에 지난 세 친구의 삶을 태운다. 인생 2막을 위한 세 명의 인생 육십의 파노라마가 불꽃처럼 활활 타오른다.

　창석은 신장암 2기로 질병 휴직을 했다가 복직하고 정년을 2년 앞두고 명예퇴직을 했다. 공무원이 정년을 보장받는 것이 가장 장점이지만 창석은 건강을 고려하여 58세에 명예퇴직했다. 이제 창석은 영미와 함께 행복한 인생 2막을 여는 일만 남았다. 퇴직 후 영미와 단란한 휴식을 맛보았다. 그동안 공무원으로 근무하면서 해보고 싶은 해외여행을 영미와 함께 떠났다. 런던, 파리, 뮌헨, 인터라켄, 프라하, 베니스, 로마, 폼페이, 바로셀로나, 이스탄불, 아테네를 돌아서 3개월 만에 서울로 돌아왔다. 매일 출근하던 아침의 일상이 바뀌고 창석도 영미도 24시간 함께 생활하는 것이 어색했다. 뒹굴뒹굴 3개월이 흐르자 창석은 일상이 지루해졌다. 온몸이 근질거렸다. 평소 가장 좋아하던 음식이 빵이었는데 빵가게를 열겠다고 제빵 기술을 배우러 다녔다. 영미는 빵가게를 개업하는 일에 반대했다. 영미는 평생 공무원 생활을 한 사람이 사업에 뛰어드는 것은 무모한 일이라 생각했다. 십장생 친구들도 모두 반대했다. 제일 반대를 심하게 한 친구는 호식이었다. 평생 가금류 사업, 한정식 사업, 지금은 카페를 하는 호식이 보기에도 퇴직공무원이 사업을 잘 못하다가 망하는 경우를 종종 보았기 때문이었다. 그리고 사업이라는 것이 그리 호락호락하지 않았기에 말렸다. 더군다나 제과업계의 현장 경험이 없었기 때문에 위험해 보였다.

영미와 친구들의 반대에도 불구하고 창석은 분당의 아파트를 처분하고 판교에 빵가게를 열었다. 가게를 연 지 세 달 만에 길 건너편에 '파리바게트'가 들어왔다. 초기 매출도 시원치 않았지만 매상은 반토막으로 줄었다. 그래도 빵 맛으로 승부를 걸면 대형 프랜차이즈 '파리바게트'와 겨루어 볼 만하다. 문제는 빵 맛이었다. 경력도 없는 창석으로서는 아직 효모와 밀가루 사이에서의 배합 비율과 숙성에 대한 확신이 없었다. 계속 매상은 줄고 비용은 증가하면서 사업의 수익성은 그야말로 밑바닥이었다. 사업은 1년 만에 상처만을 남긴 채 망했다.

"창석 씨, 우리 이제 도시생활을 접고 자연 속에서 여생을 보내는 게 어때요?"

"우리가 자연인이 되자고? 나나 당신이나 농촌생활을 한 번도 해 본 적이 없잖아?"

"처음에는 잘 적응하지 못할 수도 있어요. 우리 둘이 자연을 벗 삼아 살면 당신도 나도 더욱 건강하고 멋진 인생 2막을 열 수 있어요."

영미의 제안대로 도시생활을 벗어나 자연으로 돌아가기로 했다. 모든 재산을 처분하고 그들이 자주 찾던 치악산 휴양림 계곡 맞은편 산자락에 둥지를 틀었다. 고향의 품에 안기듯 새로운 삶을 시작했다. 매일 산을 오르며 약초를 캐고, 밤에는 약초도감, 식물도감을 펼쳐 놓고 공부를 했다. 창석과 영미는 더욱 다양한 약초의 비밀을 알아가며 그 지식을 마을 사람들과 나누기 시작했다. 그들의 집은 점점 동네 사람들이 모여드는 작은 '치악산 약초 카페'가 되었다. 창석과 영미는 약초를 이용한 건강 차와 음식으로 마을 사람들의 건강을 돌보는 산 아래 마을의 지킴이가 되었다. 그들의 삶은 자연과의 조화, 사람들과의 따뜻한 교류 속에서 더욱 풍요로워졌다. 영미는 그의 삶이 얼마나 행복해졌는지, 자연 속에서 어떤 진정한 삶의 의미를 찾았는지 매일 느낄 수 있었다.

자연의 일부가 되어 사는 제2의 인생. 창석과 영미의 생활은 평온함과 감사함으로 다시 활기차기 시작했다. 산은 그들에게 지친 영혼을 달래주는 안식처요, 벗이었다. 산속의 깊은 낙엽송 내음, 산들산들 불어오는 바람의 속삭임은 창석에게 정신적, 육체적 회복력을 선사했다. 하루하루 감사하며 살아가는 소중한 선물이었다. 산 아래 자리한 그들의 황토 흙집. 텃밭의 상추며 쑥갓이며 채소들은 완전한 유기농 식탁을 사시사철 제공했다. 아침이면 직박구리, 까치, 멧비둘기들이 울어대고 낮에는 뒷산에 오색딱따구리, 청딱따구리, 나무발발이, 상모솔새, 검은머리방울새 등이 지저귀는 새소리도 모두 선물이었다. 영미는 약초를 이용한 다양한 음식과 차를 만들며 창석과의 삶을 더욱 풍요롭게 했다. 창석은 가끔 그들의 집을 찾아오는 마을 사람들에게 영미가 만든 차를 대접하며, 자연과 함께하는 삶의 이야기꽃을 피웠다. 영미와 창석은 새로운 인생 2막에 감사했다.

"당신과 함께여서 참 행복해."

"나도요, 창석 씨. 여기가 우리 인생 2막 천국이에요."

대학을 졸업하자마자 '호식'은 이천의 전통시장 한복판에서 닭고기 도소매를 겸하는 가게를 오픈했다. 일반적인 닭집이 아니었다. 신개념 닭의 도축과 유통을 하는 혁신적인 사업장이었다. 그 결과 이천 전통시장에서 호식은 '장사의 신'으로 불리었다. 이천 전통시장의 전설이 되었다. 닭을 사가는 고객들은 호식이 마치 연예인이나 되는 것처럼 닭을 사러 가는 것을 즐거워할 정도였다. 어떤 고객은 호식에게 말했다.

"이 사장은 닭장사 하기에는 너무 인물이 아깝습니다."

"저는 닭장사에 만족해요. 시장과 사람을 연결하고, 미소와 믿음을 나누는 시장이 좋아요. 저는 만족해요."

호식은 늘 겸손했다. 분주한 시장 한가운데에서 호식의 가게는 가금류의 품질뿐만 아니라 자연스럽게 스토리텔링이 되면서 화제의 중심이 되었다. 그리고 혁신적인 치킨 사업의 접근 방식은 늘 흥미로웠다. 단지 닭을 파는 것에 관한 것이 아니라 닭의 생명에 대한 존중도 포함되어야 한다는 직업정신은 화제가 되기에 충분했다. 그는 전통적인 닭고기 가공 환경에서는 어울리지 않는 장치, 즉 닭 잡는 혁신적인 기술을 개발했다. 보통 닭가게에서 작업하던 시간, 방법 등에 신개념의 도계 방법을 선보인 것이었다. 예를 들면 한 고객이 닭장의 닭 한 마리를 가리키며 잡아달라고 요청하면 호식은 곧바로 닭을 도축한다. 숙련된 닭 잡는 신기술은 시장의 구경거리가 되었다. 한동안 그 비법을 알 수 없었다. 얼마나 빠르고 전광석화 같았던지 아무도 왜 닭이 그리 찍소리도 없이 도축되는지 몰랐다. 하루키 소설 IQ84에 등장하는 아오마메의 청부살인에서 사용하는 방식처럼 상대가 방심한 틈을 타 스스로 제작한 아이스 픽으로 상대의 목덜미 급소를 찌르는 방식과 비교될 만한 기술이었다. 호식은 손끝의 감각이 매우 예리해서 닭의 급소를 꿰뚫고 있는 비법을 공개하지는 않았다. 마치 닭이 자연사처럼 보이게 만들 수 있는 완벽한 기술이었다.

이천 전통축제가 열리던 때에 전통시장 사람들이 한 번 비법을 공개해 달라고 요청했다. 그때 호식은 자신만의 독특한 도살 방법을 선보일 수 있는 진실의 순간이 찾아왔다.

"이건 제가 연구하여 개발한 비법입니다. 새끼손가락을 닭의 목뒤, 정확한 지점에 순간 충격을 주어 닭은 고통 없이 잡습니다. 닭이라는 동물에 대한 감사와 배려로 개발한 것입니다."

시장의 구경꾼들은 박수를 쳤다. 다음 단계는 효율적인 만큼 혁신적이었습니다. 호식은 뜨거운 물이 채워진 원심분리기를 개발했다고 말했다.

"아리야 20초 안에 닭을 분리해 줘."

닭은 완전히 몸통, 닭발, 닭똥집으로 분리되어 나왔다. 그는 고객에게 닭발과 닭똥집도 주는 '치킨마스터'로 통했다. 호식의 닭 잡는 비법이 널리 알려지면서 그의 가게는 시장 사람들, 벤치마킹하러 온 닭가게 사장님들, 그리고 여행객들이 꼭 방문해야 하는 관광명소가 되었다.

큰돈을 벌게 되자 호식은 가금류 사업 일체를 정리했다. 그리고 한정식집 '아리랑'을 개업했다. 바로 이 집이 이천의 쌀밥과 어우러져 다시 한 번 이천 최고의 한정식 맛집으로 거듭났다. 그의 도전 의식이 다시 사업의 성공 비결이 되었다. 그의 곁에는 사업일체를 함께 관장하는 아내 '효순'이 있었다.

"잠시라도 주방에서 눈을 떼는 순간 맛이 달라집니다. 오너가 함께 조리 현장에 있는 것이 우리집 맛의 비결이지요."

효순은 손님들 앞에서 자랑스럽게 말했다. '아리랑레스토랑'은 금광으로 바뀌었다. 매출이 너무 좋아서 부부는 비명을 질렀다. 하지만 호식은 자만하지 않고 매일 새로운 메뉴에 도전하고 공부하는 사장이었다. 그것이야말로 지속적인 사업의 성공 비결이었다.

이제 '아리랑레스토랑'은 이천의 경계를 넘어 여주, 광주, 수원, 하남 사람들까지 차로 방문하여 문전성시를 이루었다. 그곳은 레스토랑 이상이었다. 사람들이 모이는 장소이자 음식문화의 현장이었다. 호식은 주변 땅 5천 평을 매입하여 분수와 사시사철 야생화가 피어나는 아름다운 정원으로 변모시켰다.

그러던 어느날 효순이 이천온천을 갔을 때 때밀이에게 청천벽력 같은 이야기를 들었다. 오른쪽 가슴에 커다란 멍울이 잡히니 큰 병원에 가보라는 것이었다. 이런 경우 유방암인 경우가 많았다는 것이다. 다음날 효순은 이천의료원에 가서 맘모와 CT, 그리고 유방초음파검사를 했다. 최종적으로 유방암 말기 판정을 받았다. 그날 효순은 식당이 떠나가도록 큰 소리로 펑펑 울음을 터트렸다. 앞이 캄캄한 사건이었다. 너무나도 일에만 밤낮없이 매달려 왔는데 유방암 말기라니 부부는 기가 막혔다. 효순의 투병은 부부 성공의 온기를 앗아가는 겨울의 추위처럼 닥쳐왔다.

"내가 말기 유방암이라니. 나 아직 환갑도 안되었는데. 여보 나 죽는 거야?"

"죽기는 누가 죽어? 요즘 의학이 죽은 사람들도 살리는데 뭐? 좋다는 것은 돈을 아끼지 말고 다 해 보자."

호식이 위로해 보지만 효순에게는 들리지 않았다. 그들의 꿈을 잔혹하게 중단시켰고, 그들의 성취에 검은 그림자만 보였다.

효순은 민간요법이 좋다면 민간요법을 따랐다. 좋은 항암 치료가 있다면 어디든지 갔다. 독일의 샤리테병원의 꿈의 암 치료기 치료를 위해 3달을 다녀왔다. 일본의 중입자가속기 암 치료자 치료를 받으러 3개월 다녀왔다. 하지만 효순의 병은 차도가 없었다. 시간과의 싸움이었고 결국 효순에게는 통증이 태산처럼 밀려오기 시작했다. 고통을 완화하기 위한 완화 치료밖에 남지 않았다. 마약성 진통제로 버텼다. 그나마도 점점 시간이 단축되어 갔다. 여섯 시간에서 두 시간 간격으로 줄어들었다. 통증을 바라보는 호식도 효순도 눈물이 글썽거렸다. 호식은 그녀가 사라지는 것을 지켜보는 것이 가장 힘이 들었다. 철녀같이 강했던 그녀지만 결국 이천의료원에서 57세의 나이에 세상을 떠났다.

　호식은 효순이 세상을 등진 후에도 아리랑 영업을 하였지만 이미 '아리랑레스토랑'의 심장이 사라진 뒤였다. 호식은 그녀 없이 계속 한정식을 한다고 생각하니 서글프고 망막했다. 그때 호식에게 새로운 사업을 제안한 사람은 서울에서 빵집 사업을 하는 딸과 사위였다.

　"아버님, 이제 한정식은 접으시지요?"

　"무슨 소리야? 내가 잘 할 수 있는 것이 이 사업 뿐이야. 이제 나도 늙고, 새로운 사업을 할 수는 없다."

"아버님, 한정식 하느라 새벽부터 식재료 사서 조리하고 밤늦게까지 고생하시지 말고, 저희가 하는 카페를 여기에다가 차리세요. 그럼, 서울에서 저희도 내려올게요."

"그렇다면 한번 다시 새로 시작해 보자."

호식은 결단을 내렸다. 리모델링 공사를 하고 '샹젤리제' 간판을 달고 카페가 문을 열었다. 성공은 반신반의였다. 그들이 오픈한 카페 '샹젤리제'는 희망의 등불이 되었다. 그 성공은 잃은 것과 얻은 것을 씁쓸하면서도 달콤하게 일깨워주었다.

"사람들은 커피와 빵을 먹으러 오지만 우리가 이곳에서 만드는 이야기와 추억을 위해 다시 찾아오는 것이지요. 아버지 잘 했지요?"

호식은 고개를 끄떡거렸다. 호식은 새로운 성공 속에서도 지금 사람들을 끌어들이는 것은 진정한 인연이 아닌 부의 매력이 아닐까 생각했다. 오랜 사업의 과정을 통해서 체득한 것이다.

돈은 그 자체로 중력을 갖고 있는 것 같았다. 봄이 되어 새로운 풀이 돋아나듯 긴 동면에서 깨어난 미소가 조금씩 돌아나고 있었다. 황혼으로 향하는 열차에서 호식은 인간의 부와 외로움, 인간의 행복과 성취 사이에서 덜컹덜컹 흔들리고 있었다. 혼자 사는 돈 많은 카페사장 호식이 주변으로 여인들이 모여들기 시작했다.

"아빠, 인생 2막의 주인공은 아빠예요. 아빠가 하고 싶은 대로 하세요. 그렇지만 돈 때문에 몰려드는 불나방은 반드시 피해야 해요. 알았죠? 아빠?"

걱정스러운 표정으로 딸이 아빠에게 말했다. 외로운 것은 사실이었다. 어떻게 일군 사업인데 인생 2막을 물거품으로 만들 수는 없다고 다짐했다. 다시 한 번 호식은 두 주먹을 불끈 쥐었다.

토목공사는 거칠었으나 우원이 살아온 생의 흔적이었고 유산의 기록물이었다. 토목기사 우원은 대학을 졸업하고 방파제 공사, 부두건설 공사, 골프장 공사 등 토목공사 현장을 누볐다. 철근콘크리트 타설과 발파 장비들의 굉음과 공사장 여기저기에서 들려오는 기계음이 그에게는 음악이었다. 토목기술자로서 그는 바다의 거친 파도를 막는 방파제부터 항구에 배가 안전하게 정박할 수 있도록 부두를 만드는 토목공사장을 누볐다. 공사는 대개 하루 이틀이 아니라 보통 1년에서 심지어는 5년에 이르는 긴 공사를 해야 했다. 인간의 의지에 따라 산과 바다에 새로운 공간을 빚어내는 거대한 예술가 같은 직업이었다.

그의 아내 미숙은 그의 험난한 직업을 뒤에서 묵묵히 내조했다. 그녀의 삶은 인내와 지속적인 사랑의 증거이기도 했다. 그들은 두 딸을 낳았고, 그들의 웃음은 우원의 직업 세계의 가혹한 흐름에 대한 감미로운 선물이었다. 미숙의 성격 자체가 후덕하고 너그러웠다. 그러나 우원은 공사현장에서 공사를 마칠 때까지 장기간 가족과 떨어져 생활해야 하므로 외로움을 유독 못견뎌 했다. 우원은 늘 공사가 길어지면 현장 애인을 사귀었다. 공사 중 한 달에 한번 정도 부인과 딸들을 보러 춘천에 가는 패턴이 익숙해져 있었다. 그런 생활이 20년이 되었다. 그러던 중 주문진 방파제 공사는 3년이 소요되는 공사현장이었다.

주문진 항구 방파제 공사가 한창이던 때에 예고 없이 미숙이 우원의 집에 들이닥쳤다. 우원의 집에 동거하던 다방아가씨 선미와 마주쳤다. 난리가 났다. 흥분한 미숙은 살림살이를 집어던지고 우원의 동거녀 선미의 머리채를 휘어잡았다. 이 소식을 듣고 달려온 우원이 수습을 시도하지만 미숙은 전혀 먹히지 않았다. 미숙은 이혼을 요구했다. 우원은 두 딸의 아빠였다. 결국 두 사람은 옥신각신 하다가 이혼이 아니라 졸혼을 선택한다. 졸혼이란 이혼하지도 않고, 같이 살지도 않으며 별거하는 상태를 뜻한다. 우원은 주문진에 살면서 춘천에 있는 본인의 집에 갈 수가 없었다. 두 딸을 보려면 미숙의 허락을 받아야 했다.

오랜 객지 생활의 영향이었던지 오십대가 되자 건강에 문제가 생겼다. 어느 순간인가부터 소변 줄기가 약해졌다고 느껴지기 시작했고 밤마다 소변을 자주 보게 되었다. 그러던 어느날 밤, 소변을 보는데 찌릿한 통증이 있었다. 단순 피로 때문이라고 생각하고 그냥 대수롭지 않게 생각한 것이 병을 키웠다. 그 후 별일 없이 잠잠해지나 싶었다. 몇 달 후 다시 배뇨통증이 나타나기 시작했다. 증상을 방치하다가 결국 강릉아산병원을 방문했다. 우원은 병원에서 직장수지검사, 혈중 전립선특이항원검사(PSA), 경직장초음파검사 그리고 자기공명영상검사(MRI)를 모두 받았다. 혈액검사 결과 전립선특이항원(PSA) 수치가 보통 4.0ng/ml 이상이면 위험 수준인데 15.0ng/ml에 가깝다는 검사 결과가 나왔다. 우원은 깜짝 놀랐다. 의사는 전립선암 의심이 되지만 자세한 것은 좀 더 정밀 추적검사를 해봐야 한다며 조직검사를 했다. 이게 웬 날벼락인가. 조직검사 결과에서도 전립선암으로 판정되었다. 우원은 모든 생활을 정리해 나가기로 했다.

먼저 현지처를 정리했다. 외롭지만 독한 마음으로 혼자 입원을 했다. 조직검사 후 화장실에서 소변에 혈뇨가 흘렀다. 이따금 찾아오는 통증으로 끙끙대는 날이 많아졌다. 드디어 수술 날이 되었다. 최저 4~6시간 걸리며 피주사 2팩을 맞아야 한다는 소리에 불안감을 감출 수 없었다. 간호사에게 부탁하여 마음을 단단히 하려고 마인트 컨트롤 테이프를 수술 전까지 들었다. 다행히 수술은 세 시간도 안 되어 끝났다. 경과가 매우 좋았다. 피 주사를 쓸 필요도 없었다. 정신력이 이렇게 대단한 사람도 처음이라며 의사로부터 칭찬을 들었다. 그러나 수술 뒤에 찾아온 통증은 어마어마했다. 몇 발짝을 떼는 데도 너무 아파 죽는 줄 알았다. 그때부터 죽기 살기로 운동하고 움직였다. 퇴원해서 조금씩 걸으면 소변이 바지 아래로 줄줄 흘러내렸다. 어른 기저귀를 차고 걷고, 또 걷고. 이렇게 3년을 하고 나니 정상적인 수준으로 회복되었다.

 우원은 매일 저녁 퇴근 후 차량으로 30분 거리의 오대산 자락의 둘레길에서 2시간씩 산행을 했다. 청정 전나무에서 쏟아지는 피톤치트를 마시며 체력을 단련했다. 전립선암환자 모임에 가입하고 전립선암 극복을 위해 피나는 노력을 했다. 암을 예방하고 이겨낼 수 있는 길은 균형잡힌 영양 섭취와 적당한 운동이 최우선이었다. 짠 음식과 동물성 등 지방질을 거의 안 먹는 대신 신선한 야채와 과일을 먹었다. 비타민을 늘 챙겼고 섬유질 음식을 열심히 먹었다. 그리고 매일 주문진 항구에서 소돌항까지 아침 저녁 땀이 나도록 두 번씩 걸었다. 그래서인지 통원할 때마다 전립선특이항원(PSA) 수치가 매번 4.0ng/ml 이하로 조절되었다. 드디어 수술 후 오 년 만에 완치판정을 받았다.

춘천으로 미숙을 찾아가서 다시 구애를 했다. 이미 모든 것을 정리했으니 용서하고 종전처럼 함께 살자고 애원했다. 두 번이나 문전박대를 당했다. 미숙은 단호하게 거절했다. 우원은 심정이 비참했으나 다시 세 번째 찾아가 용서를 구했다.

"너무 미안해서 사과조차 할 수 없었어. 그 여자는 이미 오래전에 정리했어. 내가 모든 걸 망쳤어. 그래도 당신과 아이들을 생각하니 어떻게든 살고 싶어졌어. 난 마땅히 고통받아야 해. 하지만 나도 그때 우원이가 아니야. 용서해 줘."

"환갑이 되어가고 힘 없으니까 집으로 오겠다구?"

"여보, 나도 예전처럼 잘 해볼게. 진심으로 당신을 사랑해. 아이들하고도 같이 살고 싶어. 나이가 들어보니 당신뿐이 없더라고."

"환갑이 돼서야 철이 든 거야?"

"사실, 이 얘기는 안 하려고 했는데. 전립선암 수술을 받았어. 지금은 완치 판정을 받은 상태야. 그래서 당신이 더 소중해졌고, 아이들도 더 소중해졌어. 내 진심을 받아줘."

"직장은 어떻게 한 거야?"

"토목기사 일은 계속할 거야? 그 대신 춘천 근처의 토목공사만 맡아서 할 거야. 집에서 출퇴근하면서."

"세 번 와서 무릎 꿇고 이렇게 비니까 내가 한 번은 봐준다. 그러나 선미 같은 여우를 다시 만나면 정말 인생 끝장인 줄 알아."

"여보, 고마워."

우원은 가슴을 쓸어내렸다. 미숙의 허락을 받으며 우원은 다행히도 졸혼을 끝낼 수 있었다. 나이를 먹고서야 미숙에게 꼬리를 내리며 살기로 했다. 우원은 '남자들의 삶이란 이런 숙명적인 회로가 있는 것인가?'라는 생각을 했다. 오랜 졸혼 생활을 끝내고 집으로 돌아왔지만 우원은 첫날부터 집이 낯설고 서먹서먹했다. 아내 미숙의 방으로 들어가서 합방을 하지 않고 거실을 택했다. 코를 많이 골아서 미숙이 잠 잘자라는 핑계를 대면서 거실에 누웠다. 오랜만에 누워보는 우원의 집. 졸혼의 파국에서 인생 2막에 재결합이라. 우원은 집 안 공기가 유난히 부드럽게 느껴졌다.

모닥불은 밤늦게까지 피어 올랐다. 세 친구의 우정을 태우고도 모자라서 꾸역꾸역 장작을 태웠다. 월악산의 영봉에 보름달이 세 친구의 우정을 인증하는 징표가 되었다. 세 친구들은 지나 온 60년 세월에 인생 2막의 저편에서 다시 멋진 인생의 파노라마를 만들 수 있기를 간절히 기원했다.

　새벽 부엉이 소리를 들으며 잠자리에 들었다. 창문 틈으로 솔바람이 시원했고 방바닥은 절절 끓었다. 새벽녘까지 소쩍새의 울음소리가 요란하고, 고라니가 짝을 부르는 소리는 사람 소리처럼 들렸다. 세 친구들은 밤새 코를 골다가 이를 가는 우원, 쌔근쌔근 긴 밤을 자는 창석, 밤새 설치며 꿈속을 헤매는 호식, 잠자는 모습도 서로서로 달랐다. 아침을 맞는 모습도 달랐다. 아침 일찍 스파를 하는 우원, 늦게까지 이불을 끌어 앉고 자는 창석, 커피를 내려 먹는 호식. 어차피 혼자 가는 인생길 좌를 보아도 우를 보아도 닮은 사람은 없고 서로 다른 사람끼리 홀로 가는 것이다. 그러나 세 친구들의 우정은 한결같았다. 세 친구의 하룻밤 여행은 인생 2막의 전환점이자 출발점을 알리는 행사이기도 했다.

　행운의 여신이 찾아오려나 보다. 달무지개를 본 사람에게는 행복이 찾아온다는 하와이 속담처럼 새벽부터 행운이 찾아왔다. 새벽에 창석이 소변을 보려고 나서는데 달무지개가 월악산 산등성이 위로 내려앉았다. 대낮처럼 밝은 보름달이 떠야 하고 그 반대쪽에는 빛을 반사할 수 있을 정도로 소나기가 내렸어야 볼 수 있는 희귀한 장면이었다. 빛이 먼지에 부딪혀 흩어지지 않을 만큼 공기가 맑아야 하는 이곳 월악산에 달무지개가 뜬 것이다. 창석은 달무지개를 향해 기도했다.

"달무지개님. 죽마고우 십장생이 어느덧 환갑이 되었나이다. 우리가 어린 시절로 다시 돌아갈 수야 없지만 마음은 아직도 그때와 같습니다. 십장생의 이모작 인생길에도 밝은 달무지개로 축복하고 밝혀주시기를 간절히 비나이다."

창석의 눈에는 달무지개가 고개를 끄덕이는 것처럼 보였다. ✻

─《문학나무》 2024년 여름호.

비 너 스 리 본
ㅂㅣㄴㅓㅅ_ㄹㅣㅂㅗㄴ

여자의 유방이 비너스의 리본으로 빛났다 그 빛은 생명의 빛이었다

비너스 리본

    종로 한복판 인사동 거리에는 고색창연한 건물들이 행인들을 신비스럽게 바라보고 있었다. 오랜 역사의 흔적만큼이나 다양한 인간 군상들이 모여드는 문화의 거리이자 모임 마당이 펼쳐지는 곳이었다. 큰 도로 한 블록 뒤편에 위치한 '라파엘 카페'는 유방암 환우회인 '비너스 리본' 회원들의 쉼터이자 사랑방이었다. 치열하고 전쟁 같은 삶으로부터 우아함으로 부드러움을 채워주는 특별한 안식처. '비너스 리본' 환우회 회원들에게는 검은색 리본이 살색 리본으로 다시 살아나게 하는 희망이 피어나는 곳이었다. 그래서 카페 안의 공기는 무겁지 않고 새털처럼 가벼웠고 늘 따사로웠다. 쓰면서 달콤한 향기가 진실의 풍미를 내었고 유방암 동지들이 생의 연대를 공고히 승화시키는 곳. 라파엘 카페에서 유방암 환우들의 사랑이 넘치고 서로서로 격려하며 힐링을 나누는 대화가 아침부터 저녁 늦게까지 끊이지 않았다. 서로의 심정을 헤아리며 이해하는 그들끼리 공유하는 언어와 무게가 스며있었다. 많은 희망의 리본들이 장식된 벽, 그리고 리본에 새겨진 사연들, 여기서 암의 그림자를 지우고 외로움을 떨쳐내고 있었다. 때론 조용한 웃음 속에 슬며시 흘러내리는 눈물마저 위로를 받는 이 카페는 치유의 '라파엘' 천사가 함께하는 공간이었다.

라파엘 카페는 오후의 평온한 햇살이 스며들어 은은한 조명을 뿌리고 있었다. 말기 환자인 미자는 조용히 커피를 마시며 왼쪽 가슴에는 살색 리본을 단 채, 유방암 환우인 은숙과 민선을 기다리고 있었다. 검은 테 안경을 쓰고 있었다. 머리에는 가발을 써서 많이 답답했다. 가슴에는 살색으로 된 비너스 리본이 달려 있었다. 피로감과 구토감이 느껴졌다. 미자는 '비너스 리본'의 총무로서 많은 유방암 환우들을 만나왔지만, 오늘의 만남은 특별했기에 너무 설레고 무척 기다려졌었다. 주인공 은숙과 민선, 이 두 사람은 그동안 미자가 알고 있는 그 어떤 사연보다 기막힌 운명 속의 주인공이었기 때문이었다.

40대 초반의 자주색 원피스 차림을 한 은숙이 먼저 카페의 문을 열고 들어왔다. 너무나도 밝고 화사한 화장까지 한 그녀가 카페 문을 열고 들어오는 순간 천사들에게서 나올법한 아우라가 빛났다. 그러나 두 번째 여자 민선이 카페 문을 열고 들어오자마자 누가 보아도 핏기 잃은 얼굴에 맥이 없어 보이는 전형적인 환자의 모습이었다. 그녀는 문을 열고 주위를 둘러보는 시선조차 초조해 보였다. 차림새는 단정했지만, 표정에는 깊은 상처가 드러나 있었다. 미자는 일어나서 민선에게 다가가 테이블로 안내했다.

"민선 씨죠? 반갑습니다. 기다리고 있었어요. 이리로 앉으시죠."

서로 짧게 통성명을 하고 세 사람은 테이블에 삼자 회담을 하듯 둘러앉았다.

미자는 한동안 두 사람을 살펴보다가 조심스레 입을 열었다.

"두 분 모두 어렵게 시간을 내주셔서 감사해요. 오늘 모신 이유는 다 아시겠지만, 두 분의 K병원 조직검사가 뒤바뀐 황당한 의료사고를 바로잡고자 비너스 리본에서 마련한 자리예요."

은숙은 손끝을 떨며 미자를 바라보았다.

"그래요. 미자 씨도 들으셨겠지만, S병원에서 저는 멀쩡한 가슴을 잘라냈어요. 유방암이라고 했는데, 조직검사에서 유방암이 아니라고 나왔다는 통보를 받고는 정신을 잃을 뻔 했어요."

그녀의 목소리는 떨렸고, 눈시울이 붉어졌고 이윽고 눈물이 흘러내렸다.

"멀쩡한 내 가슴을 도려낸 거예요. 세상에 어떻게 이런 일이 있을 수 있죠? 이제 내게 남은 건 아무것도 없고 상실과 우울의 날들 뿐이에요."

민선은 그 말을 듣고 은숙을 바라보다가 고개를 천천히 저었다.

"저는 민선 씨와 정반대 상황이에요. 기가 막혀 말문이 막혀버렸죠."

그녀는 한숨을 깊게 내쉬며 말을 이었다.

"몇 년 전에 K병원에서 조직검사를 받았을 때는 이상이 없다고 했어요. 그래서 안심하고 지냈죠. 그런데 최근에 K병원에서 다시 검사를 받아보니 말기라는 거예요. 여기는 안되겠구나 싶어서 S병원의 유방암 권위자를 찾아갔어요. 이미 너무 늦어서 수술조차 할 수 없다는 거예요. 청천벽력 같은 사형선고였지요. 내가 조금 더 일찍 정확한 진단을 받았더라면 많은 비너스 리본 환우들처럼 수술과 항암치료를 받고 새 삶을 이어갈 수 있었을 거예요."

사실 두 사람의 유방암 조직검사 결과가 뒤바뀐 것을 알게 된 것은 은숙이 K병원의 유방암 조직검사 결과를 가지고 유방암 수술에 가장 정통하다는 S병원 P교수에게 가면서 밝혀지게 된 것이었다. S병원 P교수가 K병원 조직검사 결과에 의거, 은숙의 멀쩡한 가슴을 도려낸 이후 절개 부위의 조직검사 결과에서 암 조직은 발견되지 않았던 것이었다. P교수는 은숙에게 유방암이 아니라 단순한 종양이라는 소견을 은숙에게 알려주게 된 것이었다. 반대로 민선은 K병원에서 은숙의 조직검사 '정상소견'을 믿고 지내다가 최근 가슴에 멍울이 감지되면서 다시 조직검사를 받은 결과 말기유방암이었다. K병원 병리과에서 라벨을 붙이는 과정에서 실수로 은숙과 민선의 유방암 검사조직이 서로 뒤바뀌면서 얄궂은 운명에 놓이게 된 것이었다.

"내가 그때 유방암 조직검사를 정상적으로 통보받았더라면 수술을 받았을 것이고 지금처럼 말기로 진행되지 않았을 거잖아요?"

민선의 목소리는 숨길 수 없는 분노와 슬픔이 엉켜 있었다.

미자는 두 사람의 대화를 지켜보며 무겁게 고개를 끄덕였다. 그녀는 이 고통스러운 대화를 위로해야 할 책임을 느끼고 있었다.

"저도 이 사실을 처음 알았을 때 믿기지 않았어요. 이런 실수가 일어날 수 있다는 것 자체가 너무나 충격적이었죠. 하지만 이제 이 사실을 알았으니, 무엇을 할 수 있을지 함께 생각해 봐야 해요."

은숙은 눈물을 닦으며 고개를 들었다.

"이제 내가 무엇을 할 수 있겠어요? 이미 다 끝난 거 아닌가요? 난 더 이상 내 몸을 돌이킬 수 없어요. 절개한 유방 성형술 일정이 잡혔어요. 내 생은 내 가슴처럼 완전히 망가졌어요."

민선이 그 말을 듣고는 고개를 푹 숙였다.

"은숙 씨 말이 맞아요. 그런데 은숙 씨는 저보다는 낫죠. 아마 저는 남은 생이 얼마 되지 않았을지도 몰라요. 치료할 기회조차 완전히 잃었으니까요. 하지만 미자 총무님, 소송 같은 걸 해서 뭐가 달라질 수 있겠어요?"

미자는 그들의 고통을 이해하며 깊이 숨을 들이마셨다.

"두 분의 아픔, 정말 말로 할 수 없을 만큼 크다는 걸 알아요. 저도 유방암 말기 판정을 받고 내년이면 10년이 됩니다.

삶을 포기하지 않고 지금까지 유방암과 함께 공존하고 있어요. 절대 지금 두 분 포기하면 안됩니다. 두 분께서 고통을 떨쳐낼 수 있도록 우리 비너스 리본이 나설 겁니다. 진상규명도 소송도 우리가 함께 해요. 억울함을 푸는 건 두 분 자신뿐만 아니라, 앞으로 우리 환우들에게 유사 사건이 다시는 일어나지 않도록 하는 방법이라고 생각해요."

은숙은 그 말을 듣고 조금은 진정된 듯 보였다. 하지만 여전히 그녀의 눈에는 분노와 절망이 섞여 있었다.

"그럼, 어떻게 해야 하죠? 소송? K병원과 S병원을 상대로 싸운다고 해서 내가 잃은 걸 되찾을 수 있을까요?"

미자는 차분하게 말했다.

"물론, 두 분이 잃은 것들을 원상태로 다시 되돌릴 순 없어요. 하지만 정의를 세우는 건 남은 환우들을 위해서, 그리고 다시는 이 땅에 이런 일이 없도록 하기 위함입니다. 우리 환우들을 위해서 할 수 있는 우리의 몫인거죠. 민선 씨, 은숙 씨. 두 분 모두 너무나 소중한 분들이에요. 저는 두 분이 이 법정투쟁을 통해 조금이라도 위안을 받고, 우리 환우들에게도 힘과 용기를 줄 수 있게 되기를 바랍니다."

민선은 미자를 바라보다가 고개를 끄덕였다.

"미자 씨 말이 맞아요. 나도 처음엔 이런 싸움이 무슨 의미가 있나 했지만 이제는 알 것 같아요. 단지 나를 위한 게 아니죠. 내가 살아온 인생을 마지막으로 지키는 일이기도 하죠."

은숙은 침묵 속에서 그 말을 곱씹었다. 그리고 고개를 들어 민선과 눈을 마주쳤다.

"그래요. 그 말 맞아요. 당신도, 나도, 이대로 끝내서는 안 돼요. 우리를 위한 싸움이자, 우리 비너스 리본 환우들을 위한 싸움이기도 해요."

미자는 은숙과 민선의 손을 차례로 잡았다.

"함께 해요. 이 투쟁, 우리가 이겨낼 수 있어요."

세 여인은 그날 찻집에서 서로의 고통을 나누었고, 그 고통을 새로운 힘으로 전환키로 결심했다. 그들은 운명처럼 엇갈린 두 사람의 사연을 부둥켜안으며 앞으로 전진해 나가기로 다짐했다.

은숙은 수술 직후 수술 집도의로부터 유방암 절단 부위에서 다시 한 조직검사 결과 악성종양이 아닌 양성종양으로 밝혀졌다는 통보를 받았던 당시 상황이 생생하게 떠올랐다. 돌이켜보니 은숙은 수술받던 날 모든 것이 하얗게 보였다. 하얀 밤을 지새웠다. 생각만 해도 끔찍한 날들이었다.

다음날부터 은숙은 진실을 위한 발걸음이 시작되었다. 회진 온 S병원 P교수에게 물었다.

"왜 유방암도 아닌데 제 가슴을 잘라낸 거죠? 절제한 부위의 조직검사 결과, 유방암이 아니라면서요. 도대체 어떻게 된 일이죠?"

P교수는 여전히 침착한 얼굴로 말했다.

"은숙 씨, 당시 다니시던 K병원에서 가져온 동결절편의 조직검사 결과를 우리병원 병리과에서 다시 판독한 결과도 같았습니다. 유방암 조직이라는 진단이 나왔습니다. 그 결과에 따라 저는 수술을 진행한 것입니다. 지금 상황은 너무 유감스럽지만, 다니시던 K병원의 조직검사에 어떤 문제가 있었는지는 저도 모릅니다. 다만 우리병원 병리과 판독 결과도 악성 조직이 맞다는 것이 팩트입니다. 아마도 최초 조직검사를 한 K병원에서 밝혀져야 할 문제 같습니다."

은숙의 목소리가 떨리기 시작했다.

"아무튼 저는 이 병원에서 제 가슴절제술을 받았습니다. 내 인생을 망친 건데, 그 병원 핑계를 댈 것이 아니라 이 병원에 왔을 때 그 병원 조직검사를 참고만 하고 처음부터 이 병원에서 다시 조직검사를 해야 하는 게 맞지 않나요?"

P교수는 고개를 저었다.

"아직 우리 병원 프로토콜은 타 병원에서 의뢰된 조직검사는 우리 병리과에서 재판독을 하고 그 결과에 따릅니다. 의뢰 병원을 신뢰하지 못하고 다시 조직검사를 한다면 환자의 고통이 크고 많은 비용이 발생하기 때문이죠. 저는 우리 병원 프로토콜에 따라 정확하게 수술했고 조직을 떼어서 검사의뢰를 했습니다. 여기서 사실관계를 밝히게 된 것입니다. 저로서는 어찌할 방법이 없었습니다. 이 문제는 그 병원에서 왜 이러한 조직검사 판독 결과를 냈는지 규명하는 게 먼저일 것 같습니다. 아마도 권리구제를 위해서는 법적으로 대응하셔야 할 것 같습니다."

그 말에 은숙의 분노는 극에 달했다.

"그래요? 그럼, 다시 K병원에서부터 진실을 차례차례 밝힐 겁니다. 두 병원 모두 법적 대응도 하겠습니다."

그녀는 다음날 S병원을 퇴원했다. 그녀는 다시는 이곳에 돌아오지 않겠다는 결심을 굳혔다.

한편 민선은 1년 6개월 전, 은숙이 최초로 암 판정을 받았던 K병원으로부터 유방조직검사에서 '약간의 석회화 정도가 발견되었고 아무 이상 없음' 판정을 받았다. 그때 민선은 조직검사 결과에 얼마나 안도했는지 모른다. 이제 말기유방암 판정을 받았으니 그녀의 절망감은 이루 말할 수 없었고 분노는 머리끝까지 차올랐다. 1년 6개월 전 유방암 진료를 담당했던 의사를 찾아갔다.

"말기암이라고요. 제게는 여명이 길지 않습니다."

민선의 목소리는 약간 떨렸다.

"그런데 1년 6개월 전 조직검사 결과 이상이 없었는데 왜 그때는 암을 발견하지 못한 거죠?"

의사는 차분한 어조로 답했다.

"저도 모릅니다. 급속한 유방암 병기를 보이는 경우는 있습니다. 어쨌든 저로서는 무어라 드릴 말씀이 없습니다. 정확하게 저는 유방조직검사를 시행했고 결과는 병리과의 판독 결과에 따른 것입니다. 병리과에서 판독한 것이라 왜 조직검사가 바뀌었는지 저도 모릅니다."

"어떻게 다른 사람과 조직검사가 바뀔 수 있나요?"

민선의 목소리가 격앙되었다.

"내가 1년 6개월 전에 유방암인 사실을 알았더라면, 이렇게 말기가 되지는 않았을 것입니다. 수술도 받고 치료를 받아 제2의 인생을 살 수 있었는데. 이 병원이 나의 인생을 망가뜨린 것입니다."

"당시 저는 검사 결과에 따라서 진단을 한 것이었습니다. 우리 병원 병리과에서 환자의 조직검사가 바뀐 사실을 저는 몰랐기에 당시 저로서는 어쩔 수가 없었습니다. 안타깝지만 권리구제를 위해서라면 변호사와 상의하시는 게 좋을 것 같습니다."

의사는 연신 미안하지만 병리과에서의 문제일 것 같다고만 반복했다.

민선은 절망과 분노 속에서 K병원을 나섰다. 하지만 이대로 끝낼 수는 없었다. 그녀도 법정에서 진실을 밝히겠다는 굳은 결심을 다졌다.

K병원을 믿을 수도 용서할 수도 없었다. 그래서 민선도 한 가닥 희망을 위하여 은숙이 그랬던 것처럼 유방암의 최고 권위자가 있는 S병원으로 갔다. 진료실에서 P교수와 마주한 순간, 민선은 목이 메어 말을 꺼내지 못했다. P교수는 의학 교과서처럼 말했다.

"유방암 말기여서 수술적 치료는 불가능합니다. 일단 항암으로 크기를 줄여보는 방법이 있습니다. 만약 경과가 좋다면 그때 수술 방법을 찾아보도록 하겠습니다."

사실 K병원에서 조직검사가 뒤바뀐 은숙, 민선 두 사람의 운명은 기구했다. 둘은 일면식도 없는 서로 모르는 환자 대 환자였을 뿐이었다. 둘은 소송을 하다가 알게 되었지만 뒤바뀐 운명을 먼저 알아낸 것은 은숙이었다.

은숙은 K병원, S병원 고객 상담실에서 상담을 해 봤고, 의료윤리위원회에 상정도 해 보았지만 효과가 없었다. 그래서 곧바로 변호사를 찾아가 병원을 상대로 소송을 제기했다. 그녀는 수술 후 유방암 조직이 발견되지 않았음을 근거로 병원의 과실을 주장했다. 은숙의 변호사는 의료 과실을 입증하기 위해 의무기록 사본과 진료 일체에 대한 기록물들을 하나하나 수집하기 시작했다. K병원의 진단 과정, 검사 결과, 수술 기록 등을 면밀히 분석했고, 그녀의 억울함을 법정에서 증명하기 위해 애썼다.

민선 또한 변호사를 선임하여 소송을 진행했다. 민선의 경우, 1년 6개월 전 잘못된 진단으로 인해 치료의 기회를 놓쳤다는 점이 핵심이었다. 그녀의 변호사는 최초 유방암 진단 과정에서 놓친 부분들과 검사 결과가 뒤바뀐 의료시스템의 과실을 집요하게 파고들었다. 그사이 민선은 점점 몸이 쇠약해 갔지만, 진실을 밝히기 위한 소송을 끝까지 포기하지 않았다.

소송이 진행되던 중, 두 사람은 우연히 같은 K병원을 상대로 소송을 제기하고 있다는 사실을 서로 알게 되었다. 그 병원에서 얄궂게도 두 사람은 조직검사가 바뀐 사실을 알게 되었다. 이 사실이 비너스 리본 총무인 미자에게 알려지면서 인사동 라파엘 카페에서 삼자 회동이 이루어진 것이었다. 미자는 은숙과 민선의 사연을 듣고 그들이 같은 피해자라는 사실을 깨달았다. 그녀는 두 사람을 다시 만나 그들의 이야기를 경청하며 함께 방법을 모색했다.

  미자는 그날 이후로 은숙과 민선을 돕기 위해 헌신적으로 뛰어다녔다. 그녀는 환우회와 관련된 다양한 단체들과 연결해 그들이 소송을 지원받을 수 있도록 하고, 언론을 통해 이 사건을 알리기 시작했다. 미자의 끈질긴 노력은 결국 사람들의 관심을 끌기 시작했고, 이 문제는 사회적으로도 주목받게 되었다.

  야속하게도 말기 암의 진행 속도에 가속이 붙었다. 민선의 상태는 하루가 빛의 속도처럼 빨랐다. 마약성 진통제와 항암 치료는 이제 고통스러운 연명치료의 수준으로 격상되어 버렸다. 은숙은 하루 한 번씩 민선을 문병하며 그녀를 위로했다.

"민선 씨, 조금만 더 버텨요. 우리가 반드시 이길 거예요."

민선은 힘겹게 미소를 지었다.

"이 싸움에서 이긴다고 해도 나는 이 땅을 곧 떠나야겠지."

그녀의 말에 은숙은 할 말을 잇지 못했다. 민선은 더 이상 힘겨운 치료를 견딜 수 없었고, 마지막 순간이 다가오고야 말았다. 결국, 그녀는 가족과 은숙, 미자가 지켜보는 가운데 눈을 감았다.

"모든 것이 잘 되리라 믿어. 은숙 씨! 뒷일을 잘 부탁해."

그녀의 마지막 말. 즉 그것이 유언이었다.

민선의 장례식은 비너스 리본 환우회에서 주최했다. 장례식장은 차분했지만, 슬픔과 함께 민선의 억울함도 환우들의 위로로 조금씩 씻겨지는 듯했다. 유방암 환우들이 모여 민선의 죽음을 애도했다. 그녀의 기막힌 사연을 듣고 분노했고 한편으로는 민선이 천국으로 가기를 간절히 기도했다. 미자는 장례식에서 민선의 생애를 기렸다.

"한민선 환우는 끝까지 진실을 밝히기 위해 노력했습니다. 우리 환우들이 다시는 자신과 같은 의료사고를 겪지 않도록 죽는 날까지 재발 방지를 위한 노력에 헌신했습니다. 우리 비너스 리본은 그녀의 노력과 유훈을 헛되지 않도록 계속 법정투쟁과 아울러 유방암 진료프로토콜을 새로 제정하는데 최선을 다하겠습니다."

그날 이후, 비너스 리본 환우회는 민선의 죽음을 기점으로 국회 앞에서 거리 시위를 했다. 유방암 의료사고 피해자들을 위한 법적투쟁과 의료기관의 새로운 유방암 프로토콜 제정을 요구했다. 두 환자의 조직검사 뒤바뀜 사고와 수술에 대한 K병원, S병원의 진실된 규명을 요구했다. 그리고 정부에서 이와 유사한 유방암 의료사고 재발 방지 대책을 촉구하는 시위가 시작됐다. 유방암 환자들과 가족들이 모여 거리로 나섰고, 은숙은 그 대열의 선두에서 미자와 함께 피켓을 들었다.

'유방을 돌려달라'

'K병원은 법적 책임을 져라'

'S병원은 법적 책임을 져라'

'억울하게 죽은 한민선을 위한 한민선법을 통과시켜라'

'우리도 여자로서의 권리가 있다'

'비너스 리본을 다세요'

'우리는 유방을 잃었어요'

그들은 또 지나가는 사람들에게 안내장과 살색 비너스 리본을 나눠주기도 했다.

"민선 씨는 유방암 의료사고 피해자입니다! K병원이 민선을 죽였다. 살려내라, 살려내라!"

미자는 맨 앞에 서서 확성기로 강렬하게 외쳤다. 사실 다시 돌아올 수 없는 목숨이지만 민선의 혼을 달래기 위한 것이기도 했다.

미자도 외쳤다.

"정부는 유방암 환자들의 안전진료를 보장하라!"

선창에 이어 환우들도 목소리를 높였다.

"보장하라, 보장하라!"

그들의 외침은 국회 앞에서 매일 이어졌다. 의료계와 정부도 당혹스러워졌다. 국회 정문 앞 시위 30일 만에 K병원 병원장이 국회 앞 시위 장소에서 환우회 회원들과 기자들 앞에서 공개 사과를 했다. 이어 보건복지부에서도 유방암 프로토콜을 제정하여 모든 의료기관에 공포하겠다고 약속했다. 비록 민선은 더 이상 그 자리에 없었지만, 그녀의 싸움은 끝나지 않았다. 은숙과 미자, 그리고 비너스 리본은 여기서 멈추지 않고 민선의 사망, 은숙의 생가슴 절단 사건에 대한 진실을 밝히기 위해 끝까지 법정투쟁을 이어갔다.

법정은 조용했다. 은숙은 숨을 들이마셨다. 그녀의 김 변호사는 고개를 돌려 은숙을 잠시 바라보며 고개를 끄덕였다. 은숙은 미소로 화답했다. 이 싸움은 쉽지 않았다. 반대편에는 K병원과 S병원의 국내 유수의 로펌 소속 고문 변호사들이 변론을 담당하고 있었다. 그들도 열과 성을 다해 재판에 임했다. 병원을 보호하기 위해 심혈을 기울였다. 법정에서 변론도 뜨거웠다.

판사는 조용히 입을 열었다.

"오늘은 원고 측과 피고 측의 1차 변론을 듣겠습니다. 강은숙 원고 변호사님, 먼저 말씀해 주시죠."

김 변호사가 천천히 자리에서 일어섰다. 그의 목소리는 차분했지만 단호했다.

"존경하는 재판장님, 오늘 우리는 한 사람의 인생이 잘못된 진단으로 얼마나 철저하게 파괴될 수 있는지를 이야기하고자 합니다. 저희 의뢰인 강은숙 씨는 S병원에서 유방암 2기라는 진단을 받고 양쪽 유방 절제 수술을 받았습니다. 하지만 수술 후 진행된 조직검사에서 유방암 조직이 발견되지 않았습니다. 병원의 오진으로 인해 은숙 씨는 멀쩡한 가슴을 잃었습니다. 정신적·육체적으로 회복할 수 없는 상처를 받았습니다."

김 변호사는 잠시 숨을 고르며 이어갔다.

"우리는 이 사건이 단순한 실수가 아니라 병원의 시스템적 문제에서 비롯된 것임을 입증할 것입니다. 진단 과정에서의 부주의, 환자의 검사 결과를 제대로 확인하지 않은 의료진의 태만이 은숙 씨의 삶을 바꿔놓았습니다."

판사는 고개를 끄덕이며 말을 멈췄다. 이어 S병원 측 고문 변호사가 자리에서 일어났다. 그는 은숙 측의 주장을 반박했다.

"존경하는 재판장님, 피고 측은 원고 측의 주장에 동의하지 않습니다."

병원 측 변호사의 목소리는 냉철했다.

"당시 S병원은 모든 절차를 적법하게 따랐습니다. 진단은 당시의 K병원의 조직검사를 바탕으로 이루어졌습니다. 해당 시점에서는 유방암 진단을 내릴 만한 정확한 근거였고 의심할 여지가 없었습니다. 또한, 수술 후 조직검사 결과가 다르게 나왔다고 해서 병원 측이 책임을 져야 한다는 주장은 무리한 요구입니다. 오히려 K병원의 잘못된 조직검사 불출로 인한 악결과에 해당합니다. 우리병원 수술 집도의 P교수는 대한민국 최고의 명의요 권위자입니다. 환자의 적출된 조직이 유방암이 아니라 단순 종괴임을 밝혀낸 것입니다. 당연히 조직이 뒤바뀐 것을 몰랐던 것입니다."

그는 잠시 은숙을 쳐다보며 말을 이었다.

"우리는 원고 측이 주장하는 육체적, 정신적 피해를 수용할 수 없습니다. 이 사건은 병원의 정당한 의료행위에서 비롯된 결과일 뿐, 의료과실이나 주의의무 태만 등 어떤 하자도 없었습니다. 오히려 환자가 유방암이 아니라는 것을 밝힌 것입니다."

은숙은 그 말을 듣고 가슴이 아팠다. 변호사는 더 이상 말을 이어가지 않았지만, 그들의 태도는 분명했다. 그들은 자신들의 도의적 책임조차 인정하려 하지 않았다.

2차 변론이 열리는 날, 법정의 분위기는 더 무거웠다. 이번에는 민선의 사례가 은숙의 사건과 병합되어 3재판부로 배당되어 심리가 이어졌다. 은숙과 민선의 유방암 조직검사 뒤바뀜 사건은 국민적 관심사가 되었다. 연일 기자들이 방청석을 가득 채웠고 비너스 리본 회원들로 법정은 만원이었다. 법정에 입장하지 못한 언론사 기자들과 비너스 리본 회원들은 법원 앞뜰에 모여 북새통을 이루었다. 세기의 재판처럼 연일 세인들의 관심과 이목을 집중시켰다. 민선에 관한 사건도 은숙에 관한 사건도 이 법정에서 결정될 것이었기에 2호 법정에 대한 열기가 더욱 뜨거워졌다.

김 변호사는 자리에서 일어섰다. 이번에는 더욱 강력한 주장을 내놓았다.

"재판장님, 우리는 이번 사건에서 단지 강은숙 씨뿐만 아니라, 또 다른 피해자인 한민선 씨의 사례를 말씀드리고자 합니다. 한민선 씨는 K병원으로부터 조직검사에서 '이상 없음 판정'을 받은 후, 최근 말기유방암 판정을 받았습니다. 그녀는

K병원의 실수로 조직검사가 뒤바뀌는 바람에 '적시에 적정한 치료 기회'를 잃었고 결국 고통 속에서 사망했습니다. 어찌 대한민국 의료 현장에서 이토록 허망한 일이 벌어질 수 있나요. 최악의 시나리오를 보는 것 같습니다. 기네스북에 오를 만한 주의 태만에 의한 최악의 사망 사건에 비유할 수 있을 것입니다."

법정은 잠시 조용해졌다. 은숙은 그 말을 듣고 마음이 찢어지는 듯했다. 저세상으로 떠난 민선은 더 이상 이 싸움에 함께할 수 없었다.

"이 두 여성에 대한 사건은 우연이 아닙니다. K병원의 과실은 너무나 명백합니다. 한 환자의 생명을 앗아갔고 한 환자의 생가슴을 도려냈습니다. 우리는 피고 측이 법정 최고의 책임을 물어야 한다고 생각합니다."

S병원 측 고문 변호사는 반박했다.

"강은숙 씨의 경우, 당시 유방암 치료프로토콜에 따라 타 병원에서 의뢰된 조직검사 원본에 의거 유방암 수술을 정상적으로 시행한 것입니다. S병원은 수술 후에야 뒤늦게 K병원의 조직검사가 뒤바뀐 사실을 인지한 것입니다. 환자치료에 있어 고의나 주의 태만은 없었습니다. 따라서 우리 병원의 과실로 볼 수 없습니다. 이는 단지 악결과가 발생한 것입니다."

법정 안에 있던 비너스 리본 회원들은 그렇다고 하더라도 병원 측의 주장이 비인간적이며 비도덕적이라고 생각했다. 은숙은 점점 더 분노가 치밀어 올라 얼굴이 붉게 상기되었고 법정은 소란스러워졌다. 판사는 깊은 생각에 잠겼고, 너무 법정이 소란스러워지자 최종 판결일을 12월 1일로 한다며 서둘러 재판 봉을 두드렸다.

전설적인 유방암 환자 박미자, 그녀는 말기암 판정을 받고도 기적적으로 10년째 생존하면서 생의 끈을 놓지 않고 비너스 리본 총무를 맡은 강철녀이다. 국민적 관심의 두 여성의 사건의 중심에 서서 병원과 보건복지부에 대한 개선 요구와 법정투쟁을 이끌고 있는 그녀의 모습은 강인하고 거룩했다. 그녀 역시 항암치료의 후유증으로 극심한 통증에 시달리고 있었다. 항암치료의 부작용으로 인해 구토, 피로, 그리고 잠시도 가라앉지 않는 통증은 그녀를 계속해서 괴롭혔다. 밤이면 침대에 누워도 잠을 이루지 못했다.
'이렇게 사는 게 바람직한 것일까?'
의문이 매일 떠올랐으나 아침이 되면 그녀는 다시 마음을 다잡고 일어났다. 그녀의 목표는 분명했다. 죽는 날까지 유방암 환우인 은숙과 민선 같은 환우들을 돕는 것이었다. 미자는 비너스 리본 환우회의 총무로서 모든 힘을 기울여 환우들을 지원하고 있었다. 비너스 리본의 회원들은 미자의 헌신적인 모습을 보며 깊은 감명을 받았다. 미자는 자신이 겪는 고통을 숨기지 않았다. 오히려 그 고통을 나누며, 다른 환우들에게 힘과 용기를 주고 있었다.

미자는 은숙과 민선의 법정 싸움을 위해 여러 차례 병원과 언론을 상대로 성명을 발표했다. 이제 미자는 환자단체의 환우회들은 물론 언론사, 정부, 의료계에서도 모르는 사람이 없는 유명 인사가 되었다. 그를 아는 여러 환우회와 시민 단체들이 그녀와 함께했다. 미자의 헌신적인 노력 덕분에 이번 사건은 국민적 관심사가 된 것이었다. 정부, 국회, 언론, 국민 모두 이 사건을 지켜보게 된 것이다. 미자는 그 기폭제 역할을 했다.

미자의 헌신은 비너스 리본 환우회 회원들에게도 큰 위로와 힘이 되었다. 많은 회원들이 자신의 고통과 싸우며 하루하루를 견뎌내고 있었지만, 미자의 모습을 보며 그들은 희망을 잃지 않았다. 회원 중 한 명인 수진은 미자 총무에게 말했다.

"미자 언니, 언니를 보면서 저도 힘을 얻어요. 언니가 우리를 위해 이렇게 애써주시는 걸 보면, 저도 더 열심히 살아야겠다는 생각이 들어요."

미자는 미소 지으며 수진의 손을 꼭 잡았다.

"우리는 서로가 필요해요. 살아 숨 쉬는 동안 우리 모두 희망의 끈을 놓지 않도록 서로를 격려하면서 살아요."

비너스 리본 환우회는 이번 사건을 겪으며 미자의 지도력 아래 더욱 단단해졌다. 회원들은 서로를 응원하며, 법정에서 싸우는 은숙과 민선을 지지했다. 이 싸움은 그들 모두의 싸움이었고, 한 사람 한 사람이 함께하는 과정에서 그들은 비로소 서로의 힘이 되었다. 결국, 미자의 헌신과 비너스 리본 회원들의 지지가 은숙과 민선의 싸움에 큰 힘이 되었고, 그들은 절대 혼자가 아니라는 사실을 깨닫게 되었다.

12월 1일 판결일의 아침, 설악산에는 얼음이 얼었다는 뉴스가 TV에서 흘러나왔다. 그 밑에 자막이 한 줄 흘렀다. '유방암 조직검사 뒤바뀜 사건 결심공판일' 은숙은 침대에서 일어나며 깊게 숨을 내쉬었다. 그녀의 마음속에는 복잡한 감정들이 소용돌이쳤다. 오늘은 그녀의 인생에서 가장 중요한 날이었다. 잘못된 진단으로 인해 멀쩡한 가슴을 절제당한 숙명적인 삶은 그녀를 이곳으로 이끌었다. 하지만 이 싸움은 은숙 혼자만의 것이 아니었다. 그녀는 죽은 민선을 위해서도 싸워야 했다. 민선의 억울함을 풀어줄 책임이 자신에게 있다는 생각이 끊임없이 그녀의 가슴을 짓눌렀다.

"우리는 반드시 이겨야만 해. 민선을 위해서라도."

은숙은 거울 속 자신의 초췌한 얼굴을 보며 중얼거렸다.

침대 머리맡에 놓인 민선의 사진을 보았다. 두 사람은 처음엔 전혀 알지 못하는 사이였다. 그러나 K병원에서 조직검사가 뒤바뀌는 얄궂은 사건으로 혈연처럼 질긴 인연이 되어버렸다. 그들의 인생은 유방이라는 여성 상징을 사이에 두고 꼬인 실타래와 같았다. 그 운명을 함께 풀어가다가 민선은 먼저 세상을 떠났고 은숙은 민선의 아픔까지 안으며 법정투쟁의 최후 보루가 되었다. 은숙은 마지막 민선의 미소를 떠올리며 자신을 다잡았다. 오늘 법정에서의 판결은 민선의 소망을 이뤄줄 마지막 기회였다.

법원 앞에서는 이른 아침부터 많은 사람들이 몰려들기 시작했다. 경찰들이 출동하여 경찰통제선을 치면서 주변을 정리했다. 한편 2호 법정에는 비너스 리본 환우회의 회원들이 미자 총무를 중심으로 자리를 잡았고 많은 방청객들과 언론인들이 좋은 자리를 선점하려고 다투었다. 비너스 리본 환우들은 법원 밖에서도 피켓시위를 했다. 방송사들이 좋은 위치에 카메라를 설치하기 위해 서로 다투었다. 소란하기가 장날 도떼기시장을 방불케 하였다. 그들은 각기 다른 이유로 이 자리에 있었지만, 모두 은숙과 민선의 싸움이 그들 자신의 싸움이기도 하다는 것을 느끼고 있었다. 법원 안으로 입장하지 못한 사람들은 법원 밖에 서서 불안한 눈빛으로 서로를 응시하며 대화를 나눴다.

"저 안에서 무슨 일이 일어날지 모르겠어요. 은숙 씨가 이겨야 해요. 그래야 우리가 앞으로 안전하게 진료받을 수 있지 않겠어요?"

한 환우가 조심스레 말했다.

"맞아요. 이번 판결이 우리 모두의 미래를 바꿀 수 있어요."

다른 환우들이 고개를 끄덕였다.

방청권을 구하지 못한 인터넷방송사들과 유튜버들이 저마다 핸드폰을 들고 생중계를 하는 바람에 법원 주변은 발디딜 틈이 없었다. 이 사건은 전국적으로 큰 관심을 불러일으켰고, 언론은 법정 안팎의 상황을 생중계하기 시작했다. 기자들은 쟁점을 설명하고 경과를 설명하며 오늘의 판결이 사회에 미칠 영향을 예측하고 있었다.

법정 안은 긴장감으로 가득 찼다. 방청석은 비너스 리본 회원들도 미자 총무를 중심으로 결연한 의지를 불태우고 있었다. 말기 암 환자 미자는 아침부터 통증에 시달려 마약성진통제 트리마돌 2캡슐을 복용하고 법정에 왔다. 강한 고통을 참아가면서 자리를 지키고 있었다. 하지만 그녀의 얼굴이 고통으로 일그러졌다.

"미자 총무님, 괜찮으세요?"

옆에 앉아 있던 수진이 걱정스럽게 물었다. 미자는 힘겹게 고개를 끄덕이며 말했다.

"오늘 이 자리에서 끝을 볼 수 있었야 해. 우리는 끝까지 최선을 다해야 해."

방청석 한쪽에는 K병원 측의 원무과 관계자들, S병원 법무팀 직원들도 자리를 잡고 있었다. 그들은 긴장한 표정으로 주위를 살피며 귓속말을 주고받는 모습도 보였다. 이 판결이 병원의 평판에도 큰 타격을 줄 수 있다는 사실을 알고 있었다. 온 국민의 관심사를 반영하듯 사뭇 긴장된 표정들이 역력했다. 판사가 법정으로 입장하자 모든 소음이 멈추고, 법정은 숨죽인 듯 조용해졌다. 카메라의 플래시가 몇 번 터졌고, 언론은 주목할 만한 순간을 포착하려 분주히 움직였다.

"판사님 입장하십니다. 방청객들은 기립하십시오. 인사! 모두 착석하십시오."

판사는 좌중을 둘러본다. 먼저 은숙과 마주치며 눈인사를 나누었다. 이어 양측 변호사들을 쳐다본 뒤 천천히 자리에서 숨을 고른다. 그리고 판결문을 들었다. 그의 목소리는 차분하고도 권위 있게 판결문을 낭독한다.

"피고 K병원을 대상으로 한 원고 한민선과 강은숙의 조직검사 뒤바뀜 사건 그리고 피고 S병원을 상대로 한 강은숙 원고의 생가슴 절제 사건에 대한 판결을 하겠습니다."

판사는 잠시 멈추며 방청석을 둘러봤다. 모든 이들의 시선이 판사에게 고정되었다.

"원고 한민선에 대한 판결입니다."

판사는 목소리를 한층 무겁게 낮췄다. 방청석에서는 한순간에 숨죽인 긴장감이 감돌았다.

"본 재판부는 K병원이 한민선에 대한 유방암 진단 과정에서 명백한 과실이 있었음을 인정합니다. K병원 병리과에서 조직검사가 뒤바뀌지 않아 진단이 적시에 이루어졌다면, 한민선 환자는 유방암 치료의 기회를 얻을 수 있었다고 사료됩니다. 한민선의 사망에 상당한 인과관계가 있고 병원의 명백한 과실이 입증되었습니다. 그러나 한민선 환자가 이미 사망했기 때문에, K병원은 유가족에게 20억원의 배상금과 1억원의 위로금을 지급할 것을 명령합니다. 또한, 본 재판부는 K병원에서 이와 유사한 과실이 발생하지 않도록 유방암 조직검사와 검사조직 관리 시스템을 재정비할 것을 권고합니다."

방청석에서는 박수 소리와 함께 흐느끼는 소리와 탄식이 흘러나왔다. 은숙은 눈을 감고 억울하게 죽은 민선을 생각했다. 손을 가슴에 얹으며 숨을 몰아 내쉬었다. 민선의 억울함이 조금은 풀렸으리라는 사실에 가슴이 벅차올랐다.

다음 판결은 오늘의 하이라이트였다. 바로 강은숙 원고에 대한 판결이었다. 조직검사를 뒤바꿔 두 여인의 운명을 엉망으로 만든 사건 주범인 K병원에 대한 판결이 먼저 내려지고 이어서 S병원에 대한 판결이 예고되었다. 언론, 정부, 병원, 방청객, 비너스 리본 환우 모두가 숨을 죽였다.

"원고 강은숙에 대한 판결입니다. 피고 K병원은 원고 강은숙에 대하여 명백한 과실로 한민선 환자의 조직검사와 바꿔서 S병원으로 의뢰하였습니다. K병원 병리과 의료진은 원고의 조직검사 슬라이드를 만들면서 유방암세포를 가지고 있던 한민선 환자의 조직 검체를 강은숙 원고의 라벨을 부착하는 실수를 했습니다. 이 과실로 실제로는 양성 병변이었던 원고의 오른쪽 유방의 종양을 침윤성 유방암으로 오진하였고, 이 때문에 그 조직검사 결과지 등을 제출받은 피고 S병원에서도 이를 신뢰하여 잘못된 유방 절제 수술을 하게 되었습니다. 피고 K병원은 조직검사 슬라이드 제작 오류 및 유방암 판독상의 과실과 이 사건 수술로 인하여 입은 원고의 손해 사이에 상당인과관계가 있습니다. 결과적으로 S병원에서 원고 강은숙은 멀쩡한 생가슴을 절제하였고 씻을 수 없는 정신적, 신체적인 손해를 입었습니다. 본 재판부는 이러한 중대 과실에 대하여 K병원은 강은숙 원고에게 10억 원의 배상금을 지급할 것을 명령합니다."

이어 S병원에 대한 판결이 이어졌다.

"K병원이 강은숙 환자를 S병원에 전원하면서 의뢰된 조직검사 결과지에 따라 S병원에서 강은숙 환자가 유방절제술을 받았으나, 조직검사 결과 암세포가 검출되지 않았습니다. S병원은 조직검체가 뒤바뀔 가능성 등 매우 이례적인 상황에 대비하여 강은숙 환자로부터 새로이 조직을 채취하여 재검사를 실시하거나 K병원에서 파라핀 블록을 대출받아 조직검사 슬라이드를 다시 만들어 재검사를 시행한 이후에 유방절제술을 시행할 주의의무까지 있다고 보기는 어렵습니다. 따라서 S병원의 진단과 수술 과정을 판단한 결과 법률적으로는 과실로 보기 어렵습니다. 다만 S병원은 강은숙 환자의 생가슴을 절제한 사실관계가 발생했습니다. 결과적으로 유방 절제수술을 받은 강은숙 환자는 신체적, 정신적 피해를 입었습니다. 이에 S병원은 원고 강은숙 씨에게 손해 배상 책임은 없으나, 신체적, 정신적 피해에 대하여 위자료 1억원을 지급할 것을 명령합니다."

 판사의 판결이 끝나자 방청석에서는 환호의 박수가 터져 나왔다. 탄식과 환호도 섞여 나왔다. 비너스 리본 회원들 사이에서는 서로 손을 잡고 눈물을 흘리는 이들도 있었다. 그들은 은숙의 승리를 축하하면서도, 그 안에 감춰진 상처를 느꼈다. 은숙은 그저 멀쩡한 가슴을 돌려받을 수는 없다는 사실을 깨달았지만, 그래도 이 싸움에서의 승리가 민선과 자신을 위한 작은 정의의 발판이라고 생각했다.

 법정 안은 혼란에 휩싸였다. 비너스 리본 회원들은 서로 부둥켜안으며 기쁨과 슬픔을 나눴고, 은숙은 민선의 유가족과 함께 눈물을 흘리며 위로의 말을 건넸다.

 "민선 씨, 우리가 해냈어요."

 은숙은 민선의 사진을 손에 쥐고 조용히 속삭였다. 미자는 자리에서 일어나 힘겹게 은숙에게 다가가 손을 꼭 잡았다.

 "우리가 이긴 거야, 은숙 씨. 민선 씨도 지금 하늘에서 웃고 있을 거야."

 K병원 측 관계자들은 무거운 표정으로 법정을 나섰다. 그들은 이 판결이 가져올 후폭풍을 두려워하면서 서둘러 법원을 떠났다. 법정 밖에서도 많은 사람들이 판결 결과를 듣고 눈물을 흘렸다. 일부는 기쁨에 찼고, 일부는 민선의 죽음을

부활의 꽃

다시 한번 되새기며 슬픔에 잠겼다. 비너스 리본 환우회 회원들은 이 판결이 그들 모두의 승리라는 사실을 깨달았다. 이번 사건을 계기로 다시는 환우들에게 이런 일이 재발하지 않도록 해야 한다는 사명을 가슴에 새겼다. 은숙은 법정을 나서며 안도의 숨을 내쉬었다. 그녀의 발걸음은 가벼워졌지만, 마음속에는 여전히 민선의 빈자리가 남아있었다. 그녀는 그 빈자리를 법의 정의가 채우게 됨을 감사했다.

 법정을 나온 후 은숙은 집으로 돌아왔다. 머릿속은 여전히 복잡했고, 마음은 무거웠다. 그녀는 갑자기 민선과 미자를 위한 기도를 올리고 싶어졌다. 언제나 큰일이 있으면 습관처럼 찾아가곤 했던 동네 성당 앞마당의 성모마리아상. 은숙의 발걸음은 어느새 성모마리아상 앞에서 멈추었다. 성당 안에는 아무도 없었다. 12월의 차가운 한기가 을씨년스러웠다. 그녀는 무릎을 꿇고, 성모마리아상을 올려다보며 마음속으로 기도했다.
 '성모마리아님, 오늘 제가 이 자리에 서는 것은 민선을 위함입니다. 민선은 너무나 힘든 고통 속에서도 끝까지 용기를 잃지 않았습니다. 그녀는 저에게 큰 힘이었습니다. 그녀의 싸움이 오늘의 승리를 만들었습니다. 하지만 민선은 더 이상 이 세상에 없습니다. 그게 너무나 슬픕니다. 성모마리아님, 민선이 그곳에서 평안하게 쉬게 해 주세요. 그녀가 겪었던 고통을 이제는 다 내려놓고, 하늘에서 자유롭게 지낼 수 있기를 바랍니다. 한민선을 지켜 주십시오. 그녀는 이 세상에서 큰 빛이었습니다. 빛을 잃은 우리는 너무나도 허전합니다. 민선을 저의 마음속에 영원히 간직할 수 있도록 도와주세요. 특별히 유방암으로 투병하면서도 우리 비너스 리본을 이끄는 미자 언니의 건강을 지켜주십시오. 그리고 전국의 비너스 리본 환우들이 새 삶을 살아갈 수 있도록 힘주십시오. 성모마리아님 저희를 위하여 빌어주소서.'

겨울 햇살이 은숙의 왼쪽 가슴에 달린 비너스 리본에 내려앉았다. 살색 리본이 마치 미소를 짓는 듯한 빛을 발하고 있었다. ✷

— 《한국문학인》 2024년 겨울호.

|**해설**| 김종회 문학평론가, 전 경희대 교수

소설로 재구성한 삶의 곡절과 감명
— 김진명 소설집 『부활의 꽃』

|해설| 김종회 문학평론가, 전 경희대 교수

소설로 재구성한 삶의 곡절과 감명
— 김진명 소설집 『부활의 꽃』

1. 김진명의 소설이 의미 깊은 까닭

　김진명은 2017년에 시로, 2021년에 소설로 신인상을 받으며 문단에 나왔다. 동국대에서 문예창작으로 석사학위를 받았으며, 한국문인협회를 비롯한 여러 문학단체의 회원으로 활동하고 있다. 이제까지 시집 『빙벽』·『너에게 쓰러지고 싶다』·『유목의 시간』·『생땅의 향기』 등을 출간한 바 있으며, 이번에 상재(上梓)하는 『부활의 꽃』은 그의 첫 소설 단행본이 된다. 그동안의 시 창작으로 윤동주탄생백주년기념문학상을 비롯하여 여러 차례 수상 경력이 있고, 소설 창작으로 아산문학상 등을 수상했다. 그런가 하면 전국시낭송대회에서 금상을 수상하기도 한, 다재다능한 문인이다. 이는 이 작가가 영일이 없이 문학에 매진해 왔다는 명료한 증명이 되기도 한다.

  이 소설집에는 모두 7편의 소설이 수록되어 있다. 각기의 소설을 원고 상태로 한 편씩 정독하는 동안, 이 작가가 소설을 쓰기 위해 꽤 오랫동안 치열하게 준비해 왔다는 후감(後感)을 얻을 수 있었다. 우리 시대의 핵심적인 문제에 접근하는 선명한 주제, 그것을 부양하기 위하여 면밀하게 선택하고 또 조합한 소재, 이야기로서의 근본에 충실한 소설 구성 방식 등이 매 편마다 줄지어 정돈된 외양을 보이는 터였다. 동시에 7편의 소설 가운데 격이 떨어지는 태작(駄作)을 발견할 수 없다는 것이 그의 소설 세계에 미더움을 갖게 하는 연유가 되었다. 작가는 '소설 속 인물들이 보여주는 삶의 몸짓 하나하나가 절망 속에서도 피워 올리는 부활의 꽃'이라고 언명(言明)했다. 이제 그가 축적한 그 희망의 언어와 이야기들을 만나보기로 하자.

2. 고난을 넘어서는 가족애의 감동

  「줄 위를 걷는 형제들」은 세 형제의 팍팍한 삶과 심정적 고통을 보여주고, 그 가운데서도 위축되지 않는 온전한 내면의 모습을 도출한다. 이러한 서사의 전개와 더불어 감동적인 형제애, 가족애를 혼연히 체감하게 하는 소설이다. 소설의 서두를 여는 창수는 고층아파트 외벽에 매달려 실리콘작업 등을 하는 '로프공'이다. 그의 두 형제도 유사한 직업을 가졌다. 둘째 형은 네 살 위 큰형과 함께 외벽 방수공사를 한다. 만만치 않게 위험한 직업이다. 창수를 북돋우는 힘은 가족으로부터 온다. 그는 '가족은 그저 있기만 해도 행복한 존재'라고 생각한다.

양쪽 어깨에 둘둘 감긴 로프를 푼다. 인생도 이렇게 잘 풀리면 좋겠다. 100미터 길이의 백 바를 들고 다니는 것도 장난이 아니다. 인생의 무게보다는 그래도 가볍다. 줄을 당겨 샤클을 연결하고 매 순간 혈관이 매끄럽게 흘러야 되듯이 로프도 고압선도 꼬이지 않게 잘 풀어야 한다. 항상 힘든 일이지만 그래도 형들이 있어서 힘든 일도 잘 참을 수가 있었다. 가족들이 있어서 힘이 났다. 이제는 형을 위해 가족을 위해 더 용기를 내야겠다.

그런데 최근 들어 큰형의 건강에 문제가 생겼다. 당뇨 질환으로 발목을 절단해야 한다는 것이다. 큰형은 창수에게 부모였고 안식처였다. 지난날 대장암으로 세상을 떠날 때까지 아버지가 든든한 울타리였듯이. 큰형은 결국 발목 절단 수술을 받았고 세 형제는 이를 '몸부림치며' 받아들였다. 옛말에 화불단행(禍不單行)이라 했던가. 재앙이 겹쳐 왔다. 둘째 형이 줄에서 떨어져 즉사한 것이다. 두개골이 부서져 봉합 수술을 한 다음 장례를 치러야 했다. '줄 위를 걷는 형제들'의 삶이 이토록 처참한 결말에 이르렀으나, 문제는 중심인물 창수가 그 비극적 사태에 굴복하지 않는다는 사실이다. 이러한 의지와 용기는 눈앞의 상황이 더 심각할수록 더 빛을 발한다. 작가가 굳이 이처럼 극단적인 형국을 구성한 이유도 거기에 있지 않을까.

    세월이 흘렀다. 1년을 힘겹게 하루하루를 버티며 살았다. 어떻게 살았는지 모르겠다. 힘들어도 세월은 갔다. 잘 살아내야 했다. 그래도 큰형과 가족들이 있어서 슬프기도 하지만 힘이 되었다. 살아 있는 가족들이 함께 살아내야 했다. 더 이상 울고만 있을 수는 없었다. 큰형도 아픈 다리로 활동이 어려워 큰형수와 호떡장사를 시작했다. 큰형 내외도 생활에 도움이 되고 싶은 것이리라.

    엄혹한 시간이 지나고 나서 그 뒷감당에 관한 서술이다. 큰형은 호떡장사로 안정을 되찾고 있었으나 둘째 형 가족은 여전히 어려운 중이다. 창수는 형수와 두 아이를 위해 적금통장 3개를 준비하기로 한다. 그가 아내의 허락을 걱정할 만큼, 요즘 세상에서는 보기 드문 광경이다. 이 뜨거운 형제애의 담화를 진행하는 동안, 작가는 그 과정의 수사(修辭)에서 "장비도 때로는 사람처럼 의지할 때가 있다"라거나 "노을이 지고 있다. 하늘이 쓰는 시를 보고 있다"와 같이 빼어난 표현력을 동원하여 작가로서의 기량을 부각하곤 한다.

표제작이 된 「부활의 꽃」 또한 인간관계에 대한 믿음과 순후한 가족애를 보여주는 소설이다. 이 소설의 주인물은 강민호이고, 그의 어린 시절 삽화로부터 시작된다. 민호는 행정안전부 감사관실 감사과장이 되었는데, 그의 공무원 생활은 '수학 정석의 교재'와 같다는 평판이 나 있다. 그는 부서가 어려울 때 역량을 발휘하여 난관을 극복하고, '행정안전부의 살아 있는 전설'이 된 존재다. 그런데 그 직무 특성과 고집스러운 신념으로 인하여, 마침내 건강의 적신호를 만나게 된다. 그것도 말기 간경화라는 치명적인 병이고, 간이식이 아니면 생명을 부지하기 어려운 형편에 처하게 된다. 거기에는 과도한 음주도 한 역할을 했다.

수술 하루 전날, 민호의 많은 생각은 파도처럼 일렁거렸다. 그는 아들의 간 공여에 깊은 고마움을 느끼는 동시에 수술에 대한 위험, 성공과 실패, 죄책감과 두려움에 사로잡혔다. 그의 선택지는 사실 없었다. 오로지 기도 이외에 그가 할 수 있는 것은 없었다. 목숨을 건 아들의 간 공여가 헛되지 않도록 해달라고 기도를 했다. 아들 현수도 그랬다. 수술 전날, 현수는 공여자 수술 동의서를 받으러 병실로 온 레지던트의 설명이 귀에 들어오지 않았다. 모든 것을 하늘에 맡기는 심정으로 동의서에 서명했다. 건너편 병상에서 아들을 지켜보던 민호는 눈물을 흘렸다. 그러다가 아들과 시선이 마주치자 눈물을 보이기 싫어 애써 창밖을 보았다. 하늘은 맑았다.

그에게 이식 공여자로 떠오른 것은 재혼한 아내 선희와 둘째 아들 현수다. 원래의 아내 지혜를 교통사고로 잃고 새 여자를 만나 잘 지내오던 중이었으나, 이렇게 후처와 아들 두 사람이 모두 적극 지원한 것은 흔하지 않은 가족 간의 신뢰를 바탕에 두고 있다. 결국 의료적 판단에 따라 아들 현수가 간을 공여하기로 한다. 수술 후의 민호는 '육체 뿐 아니라 정신까지 새롭게 회복되는 것'을 느낀다. 일반 병실로 돌아온 민호에게 두 번의 이상한 후유증이 나타났으나 이를 극복하고,

주치의는 이를 기적과도 같다고 말한다. 소설은 그 사유가 무엇인지 구체적으로 설명하지 않으나, 가족 구성원이 함께 공유하고 있는 진정한 가족애가 주요한 원인임을 인식하지 않을 수 없다.

3. 사회적 공의를 향한 올곧은 실천

「불꽃영웅」은 공의를 위해 몸을 던지는 소방관들의 이야기를 통해, 그 현장의 모습과 더불어 생명의 귀하고 소중함을 확연하게 드러내는 소설이다. 이야기의 중심에 있는 인물은 유지한 소방관. 그는 위험천만한 직업 때문에 아내 신채린과의 결혼에 있어 장인의 강력한 반대에 부딪친다. 결국은 채린의 완강한 주장에 의해 결혼이 성사되었지만, 그렇다고 업무상의 위험 요소가 사라진 것은 아니다. 이 소설에는 소방학교 교육이나 화재현장의 대응 등 실제적인 소방 업무가 소재로 등장한다. 다시 말하면 작가가 이 소설을 쓰기 위해 전방위적 사전 조사와 탐색을 수행했다는 뜻이다.

"먼저 들어가서 나중에 나온다."

화상 흉터 위에 새긴 문신에 또 놀랐다. 이 의미는 소방관의 임무와 사명에 대한 가르침이었다. 동료를 떠나보내며 소방관 하지 마라 말했지만 '생명 구조에 대한 사명감이 저런 깨달음이구나' 하고 소름이 돋았다.

"가장 먼저 들어가서 나중에 나온다."

소방관 철학에 감동하며 지한도 그런 소방관이 될 수 있을까? 반문했던 기억이 났다. 선배는 홍은동 화재사건에 출동했을 때, 역류하는 불길에 휩싸여 전신 35%에 3도 화상을 입은 소방관이었다. 당시 주택 화재로 소방관 6명이 한꺼번에 순직한 끔찍한 화재사고였다. 지옥의 불길 속에서 살아남은 소방관들의 트라우마는 거기서 멈추지 않았다.

비록 화재를 진압하고 인명을 구조하는 데 성공했다고 할지라도, 소방관들의 현장에 대한 트라우마는 깊이 각인된다. 그것은 일상의 삶을 간섭하며 또 상상 이외의 일을 촉발시키기도 한다. 지한의 절친인 도재신 소방관의 자살 소동이 그렇다. 소방징계위원회나 법적 소송 등의 곤고한 과정을 거치는 경우도 있다. 그러나 생명을 살린 데 대한 감사의 말을 전해 듣는 순방향의 보람도 없지 않다. 지한에게서 생명의 건짐을 받은 김라인 김라희 자매의 편지가 이를 말해준다. 병실에 누운 지한은 '불꽃영웅상'을 받게 되었다는 얘기를 듣지만, 자신이 아니라 '소방대원 전체'가 영웅이라고 말한다. 건강한 사회, 건실한 공직의 기꺼운 범례에 해당하는 경우다.

「비너스 리본」은 유방암 판정과 수술에 있어서의 의료사고에 관한 소설이다. 병원의 실수로 멀쩡한 사람이 생가슴을 적출하는가 하면, 초기 발견으로 치료가 가능한 사람의 기록이 바뀌어 말기에 이르도록 아무 조처를 못하게 된 사고다. 이렇게 얼토당토않은 사건을 바로잡기 위하여 '비너스 리본'이라는 유방암 환우의 단체가 이 문제에 헌신하고, 이윽고 그 목표를 달성하는 데까지 이르게 된다.

사실 두 사람의 유방암 조직검사 결과가 뒤바뀐 것을 알게 된 것은 은숙이 K병원의 유방암 조직검사 결과를 가지고 유방암 수술에 가장 정통하다는 S병원 P교수에게 가면서 밝혀지게 된 것이었다. S병원 P교수가 K병원 조직검사 결과에 의거, 은숙의 멀쩡한 가슴을 도려낸 이후 절개 부위의 조직검사 결과에서 암 조직은 발견되지 않았던 것이었다. P교수는 은숙에게 유방암이 아니라 단순한 종양이라는 소견을 은숙에게 알려주게 된 것이었다. 반대로 민선은 K병원에서 은숙의 조직검사 '정상소견'을 믿고 지내다가 최근 가슴에 멍울이 감지되면서 다시 조직검사를 받은 결과 말기유방암이었다. K병원 병리과에서 라벨을 붙이는 과정에서 실수로 은숙과 민선의 유방암 검사조직이 서로 뒤바뀌면서 얄궂은 운명에 놓이게 된 것이었다.

이 담론을 이끌고 가는 인물은 유방암 말기 판정을 받고 10년에 이르도록 암과 공존하며 살고 있는, 비너스 리본의 총무 박미자다. 은숙은 생가슴을 도려낸 인물이고, 민선은 치료 시기를 놓쳐 말기에 이른 인물이다. 이들이 진료 자료를 뒤바뀌게 한 K병원, 그리고 재확인 검사를 하지 않고 수술한 S병원을 상대로 해서 벌이는 소송은 그것 자체로서 지나간 사건을 되돌릴 수가 없다. 하지만 이들은 '남은 환우들을 위해서, 그리고 다시는 이 땅에 이런 일이 없도록 하기 위함'으로 법정 투쟁을 하기로 한다. 이 싸움의 와중에 야속하게도 '말기 암의 진행 속도에 가속'이 붙어 민선은 세상을 떠난다. 그 이후 '단순한 실수가 아니라 병원의 시스템적 문제'임이 입증되어, 이들은 재판에서 이긴다.

법정을 나온 후 은숙은 집으로 돌아왔다. 머릿속은 여전히 복잡했고, 마음은 무거웠다. 그녀는 갑자기 민선과 미자를 위한 기도를 올리고 싶어졌다. 언제나 큰일이 있으면 습관처럼 찾아가곤 했던 동네 성당 앞마당의 성모마리아상. 은숙의 발걸음은 어느새 성모마리아상 앞에서 멈추었다. 성당 안에는 아무도 없었다. 12월의 차가운 한기가 을씨년스러웠다. 그녀는 무릎을 꿇고, 성모마리아상을 올려다보며 마음속으로 기도했다.

이 소설에서 볼 수 있는 재판의 판결문이 어떤 사건을 참고로 했는지, 아니면 작가의 상상력이 더 많은 비중을 차지하고 있는지는 확인하기 어렵다. 소설 속의 환경으로는 이 사건이 세상의 이목을 집중하게 하고, 의료 사고와 분쟁에 관한 새로운 국면의 전개를 목격하게 하며, 더 나아가서는 우리가 사회적 공의를 통해 약자를 이해하고 도울 수 있는 판단의 근거를 마련하게 한다. 그런 점에서 '공의(公義)'는 힘이 세다. 위의 인용문은 법정에서 승소를 하고 돌아온 은숙의 심리적 동향을 직접적으로 기술한 것이다. 그가 민선과 미자를 위해 기도하려 하는 것은, 함께 투쟁한 동료이기 이전에 사람 사는 세상의 올바른 도리를 위해 손잡고 연합한 실천자들이었기 때문이다.

4. 사실성의 일탈과 깨달음의 지경

「천지상담소」는 이 소설집에 실린 다른 6편의 소설에 비해 좀 유다르고 독특한 작품이다. 다른 소설들이 어쨌거나 사실성의 바탕 위에 서 있고 현실적 사건으로서의 존립 가능성을 전제하고 있는데 비해, 이 소설은 그 경계를 과감히 넘어섰다. 소설이 있었던 일을 다루는 문학 장르가 아니라 있을 수 있는 일을 다룬다는 차원에서 작가의 상상력이 운신할 수 있는 범주가 확장되는 것이지만, 그러할 때 있을 수 있는 일은 실제보다 더 강고한 개연성과 사실성의 기반을 필요로 한다. 그러기에 이 지경(地境)을 이탈하는 창작 방법은 대개 환타지 또는 장르문학의 유형을 보이게 된다.

「천지상담소」가 보이는 현실 일탈의 여러 면모는, 작가의 활달한 사유(思惟)와 일상적 구획 무화(無化)의 과단성이 동시에 작동한 결과라 할 것이다. 소설의 주인공은 현미. 그의 절친 미숙이 잠자다 세상을 떠났다. 현미는 '평생 일터이자 희망의 안식처'였던 대학병원 상담실에 사표를 제출했다. 그리고 '살고자 하는 의지'마저 꺾어버린 채 삶의 밑바닥으로 침몰해 있었다. 그런데 그의 꿈에 미숙이 나타난다. 미숙은 현미에게 하늘나라 도인이 알려주었다는 '불로초의 비밀'을 전달한다. 이 모든 이야기의 구성은 현실 일탈의 결과이며, 또 미숙이 일러준 약제의 구성 또한 마찬가지다.

"미숙아! 어떻게 여기 나타난 거야?"
말을 더듬는 현미의 눈에는 눈물이 고였다. 미숙은 부드럽게 웃었다.
"나는 널 도우러 왔어, 현미야. 너에게 소중한 비밀을 알려주러 온 거야. 내가 하늘나라에서 불로장생의 비방을 알아냈거든."
현미의 심장이 뛰었다. 미숙이 하늘나라에서 도인을 만나 불로초의 비밀을 알았다며 꿈속에 나타난 것이었다.
"현미야, 잘 들어. 세상의 비방으로 내려오는 전설적인 약초 10가지가 있는데 각각의 기적적인 특성을 갖고 있어. 이 약초들의 성분을 함께 섞어야만 영생하는 불노환이 되는 거야. 그런데 이 열 가지 약제가 모두 순서대로 합쳐져야 비로소 효력이 생긴단다. 잘 들어 현미야."

미숙이 일러준 열 가지 불로초 가운데 '중국에서 온 용의 숨결'이니 '캐러비안에서 온 인어의 눈물', '스코틀랜드 고원의 유니콘 뿔'이나 '태평양 미공개 섬에서 온 영원꽃'은 그 실재성을 의심할 수밖에 없는 이름들이다. 그러나 미숙은 마지막의 영원꽃 외에는 인터넷으로 주문이 가능하다고 일러준다. 이 계시에 따라 현미는 남태평양 사이캐드 섬을 찾아가서 촌장에게 '엘도파'를 받아 오고, 불노환 30알을 완성한다. 이 약의 복용을 시작한 현미에게 이상 증세가 나타나고, 우여곡절 끝에 혼수상태에 있는 동안 다시 꿈속에서 선지자 성 베드로, 불가(佛家)의 관세음보살, 철학자 데카르트, 그리고 사주명리학의 완성자 서자평을 만난다. 현미는 서자평이 준 '신비의 두루마리'에 힘입어, 초능력을 가진 '천지신령'의 영능력자가 된다. 그러다가 종내 신통력을 잃고 '환갑으로 향하고 있는 평범한 한 여인'으로 돌아온다.

일상으로 돌아온 현미는 그녀가 30년간 몸담았던 전문 심리상담사의 길로 다시 향했다. 종로 탑골공원 앞에 무료 심리상담소를 오픈했다. 그녀는 자신이 얻은 평생의 지혜를 나누고 싶은 마음을 담아서 하늘과 땅의 연결을 상징하는 '천지'라고 명명했다. '천지'는 심리상담사로의 모든 경험을 사회적 약자들을 위해 무상으로 제공하는 장소였다. (중략) 그녀를 찾아온 사람들에게 깊은 인상을 남긴 것은 바로 그녀의 인간 사랑이었다. 최근 아내를 잃고 표류하던 노인도, 실직하고 갈 곳 없는 가장들도, 삶의 의지가 박약한 노숙자도 그녀의 상담실을 거치고 나면 위안을 받았다. 그녀는 이미 오래전부터 약자들의 항구에 확고한 닻을 내린 선장이었던 것이었다.

이와 같은 어쩌면 '한 여름밤의 꿈'과 같은 소동을 통해, 작가는 현미를 매개로 새로운 안목을 제시한 바 있다. 현미의 진정한 힘은 '결코 마법의 힘 자체에 있는 것이 아니라, 그녀를 발전시킨 지혜와 연민'에 있었다는 것이 아닌가. 현미는 상담자의 시각에서 함께 방법론을 찾으려고 노력하는 상담사가 된다. 일상적인 삶의 방식으로는 경험할 수 없는 엄청난 체험을 거쳐 그야말로 일상적인 자리로 돌아온 현미는, 평범한 소설적 인물이 아니라 인간의 생애 전반을 관통하는 운명적 메시지를 전달하는 '입체적 인물'이다. 작가는 이 마무리의 모형을 두고 현미의 여정은 끝이 아니며 '우주와의 영원한 화해의 출발점에 다시 서 있는 것'이라고 언표(言表)했다.

5. 인생유전의 여러 면모와 그 대응

「탈피」는 어깨 수술과 재활 등 투병의 기록을 담고 극복의 과정을 서술한 소설이다. 이 소설집에 실린 다른 소설들이 3

인칭 전지적 작가 시점에 의거해 있는 것과는 달리 1인칭 시점을 사용하고 있다. 서술자 '나'는 오십의 나이에 어깨관절 회전근개파열로 95프로 망가진 어깨를 수술해야 하는 절박한 형편에 있다. 화자인 '나'의 이름은 김수미. 아직 화자의 몸은 탄력이 있으나 수술대 위에서 '한 마리의 개구리'가 된 느낌이다. 한 개인에게 아무리 어려운 치료의 과정이 있다 할지라도 시간은 흐른다. 작가는 이를 두고 '지루해도 무인도에 파도는 치고 밤은 오는 법'이라고 묘사했다. 말하자면 길고 지루하고 고통스러운 터널과도 같은 시간을 통과하고 있는 중이다.

뒤돌아갈 수 없는 인생 열차에서 창밖을 바라보았다. 노란 들꽃은 늘 그 자리에 있고 목련 나무도 오롯하게 그 자리를 지키고 있었다. 세상에 변하지 않는 게 없으니 억울할 것도 없지만 세월은 참 빨랐다. (중략) 언제나 한가하게 흐르는 세월에 인생 열차는 눈을 맞고 비를 맞았다. 때로는 쓸쓸히 내리는 비도 말없이 맞았다. 열차에서 내리면 끝이었다. 옆에 있는 사람과 만난 음식 먹고 즐거운 대화를 나누며 인생 열차가 떠나가도록 박장대소하며 웃어야겠다.

'세상만사 새옹지마'란 언사가 있지만, 이 엄중한 투병도 꼭 부정적으로 볼 수만은 없다는 것이 우리의 생각이다. 위의 예문은 수술 후 화자가 당착한 자기 각성의 문면(文面)인데, 그 난항의 행보를 지나오지 않았더라면 도저히 추수할 수 없는 깨달음의 경지가 포괄되어 있다. 뿐만 아니다. 여기에 이르기까지 마음의 고통을 겪으면서 화자가 떠올린 내면 풍경들을 보면, 왜 이 작가가 문학적 감성으로 충일한 좋은 문필인가를 짐작하게 한다. 도종환의 시「담쟁이」와 윤동주의 시「길」, Bob Marley의 노래「No Woman No Cry」와 조수미의 노래「Life is a miracle」, 그리고 일본 영화「천국의 책방」등이 이 이야기의 행간을 채우고 있는 것이다.

「십장생」은 세 친구의 인생역정을 순차적으로 보여줌으로써, 우리 삶의 다양다기한 면모와 그것이 말하는 진중한 의미에 대해 성찰하게 하는 소설이다. '십장생'은 열 명의 죽마고우가 결성한 모임의 이름인데, 세월이 흐르면서 뿔뿔이 흩어지고 창식·호식·우원 등 세 친구만 남아 고향인 제천의 월악산으로 환갑여행을 간다. 그 목적지는 이들 열 명이 '도원결의'를 다지던 월악산 송계펜션이다. 저 아득한 옛날부터 지금까지 사용하는 도원결의라는 어휘는, 원래 한고조 유방과

관우·장비의 생명을 건 합심(合心)과 그 출발을 말하는 것이었다. 그런데 오늘에 이르러 그러한 약속의 무게는 사뭇 가벼워져서, 그저 이름만 남아있는 실정일 뿐이다.

모닥불은 밤늦게까지 피어 올랐다. 세 친구의 우정을 태우고도 모자라서 꾸역꾸역 장작을 태웠다. 월악산의 영봉에 보름달이 세 친구의 우정을 인증하는 징표가 되었다. 세 친구들은 지나 온 60년 세월에 인생 2막의 저편에서 다시 멋진 인생의 파노라마를 만들 수 있기를 간절히 기원했다.
새벽 부엉이 소리를 들으며 잠자리에 들었다. (중략) 어차피 혼자 가는 인생길 좌를 보아도 우를 보아도 닮은 사람은 없고 서로 다른 사람끼리 홀로 가는 것이다. 그러나 세 친구들의 우정은 한결같았다. 세 친구의 하룻밤 여행은 인생 2막의 전환점이자 출발점을 알리는 행사이기도 했다.

작가는 이 일반적인 대단원에 이르도록 세 친구의 삶과 그것이 유지해 온 행적을 친절하게 펼쳐 보였다. 창식은 공무원이었는데 신장암으로 질병 휴직을 했다가 복직한 후 조기 명예퇴직했다. 그는 아내 영미와 함께 도시생활을 벗어나 자연으로 돌아가 '제2의 인생'을 누리고 있다. 호식은 닭고기 도

소매 가게를 하다가 크게 성공했으며, 큰 돈을 벌어 한정식집을 개업했다. 그런데 아내 효순이 유방암으로 세상을 떠난 후 카페 운영으로 전업하여 살고 있다. 가장 파란만장한 것은 토목공사를 하던 우원의 삶이었다. 주문진 공사를 맡고 있을 때 아내 미숙이 우원의 외도를 확인하고 '졸혼'에 들어간다. 이후에 우원은 전립선암 판정을 받고 아내에게 용서를 빈다. 이들이 노정한 삶의 질곡(桎梏)과 그에 대한 대응은, 곧 우리 삶의 그것과 다를 바 없으며 그것을 소설을 통해 읽게 하고 저마다 깨우침을 얻도록 견인한 것은 오로지 이 작가의 공로다.

우리는 이제까지 김진명의 소설집 『부활의 꽃』에 탑재된 7편의 단편소설을 공들여 읽었다. 이미 여러 권의 시집을 출간한 시인답게, 그의 소설은 치밀하고 서정적인 문체로 일관하고 있으며 그것이 소설의 정서적 분위기를 견지하는 데 유익했다. 그의 소설들은 우리가 살아가는 사회와 그 가운데 발을 두고 있는 삶의 다채로운 국면들을 때로는 과감하게 또 때로는 조화롭게 형상화하고 있었다. 고난과 마주선 가족애와 인간애, 우리 시대의 공의에 대한 신의, 사실성의 바깥에서 만난 깨달음, 인생의 유다른 곡절들에 대한 대응, 그리고 이 모든 이야기들이 공여하는 소설적 감명 등이 우리가 만난 김진명 소설의 진면목(眞面目)이었다. 이 소설집을 하나의 마디요 매듭으로 하여, 그의 문학에 더욱 유암(柳暗)하고 화명(花明)한 내일이 열리기를 간곡한 마음으로 기대해 마지 않는다.

나무소설가선 042
부활의 꽃

1쇄 발행일 | 2025년 07월 07일

지은이 | 김진명
펴낸이 | 윤영수
펴낸곳 | 문학나무
편집 기획 | 03085 서울 종로구 동숭4나길 28-1 예일하우스 301호
이메일 | mhnmoo@hanmail.net

출판등록 | 제312-2011-000064호 1991. 1. 5.
영업 마케팅부 | 전화 | 02-302-1250, 팩스 | 02-302-1251
ⓒ 김진명, 2025

값 17,000원
잘못된 책은 바꾸어 드립니다
지은이와 협의로 인지는 생략합니다
무단 전재 및 복제를 금합니다

ISBN 979-11-5629-189-3 03810